發生在近畿某處的那些事

背筋

發生在近畿某處的那些事

背筋

敬請有相關消息的人與我聯絡。

某月刊雜誌別冊２０１７年7月發行刊載

短篇〈奇怪的留言〉

住在東京都的一位二十四歲上班族A先生，是個剛畢業就進入系統公司工作的工程師，由於業務內容也日漸熟悉，每天都過著乏味又鬱悶的生活。

沒什麼興趣喜好，也沒有女朋友的A先生，平常都是藉由逛網站抒壓。

「說來也難為情，但就是所謂的成人網站。最近不是有很多免費的影片轉載網站嗎？當然，我也覺得這樣做不太好啦。但總之我每天睡覺前都會逛一下那類網站，幾乎像是例行公事一樣。」

據說在那當中，有一個他特別中意的網站。

「那個網站連知名片商的新作品也會轉載，我還滿常上去看的。只是那個網站做得有點獨特……一般來說影片播放器的欄位下面大多都是推薦其他影片的欄位，但那個網站卻有個留言區。」

A先生先說了一句「這是我身為工程師所做的猜測啦」才繼續說道：

「這方面的網站幾乎都是遊走在法律的灰色地帶，因此隨時關閉都不奇怪。大概也是基於這樣的理由，總之不會花太多心思去架設這個網站本體。具體來說，通常都是直接沿用其他網站的架構。這樣就不用從頭開始架設了，相當簡單。所以我覺得那個網站的留言區與其說是營運方刻意做出來的，感覺更像是沿用的網站剛好有這個欄位。何況也不會有一邊看未經許可轉載的成人影片，還會想在留言區與人交流的怪人嘛。」

就像要證實這個猜測似的，留言區幾乎沒有留言，頂多只是偶爾會出現「影片播到一半就沒了喔」、「別放這種的，上傳新作品的影片好嗎」之類，幾乎都是抱怨的留言，而且從來沒看過營運方做出回應，看起來完全沒有起到任何作用。

某一天，當A先生一如往常去逛那個網站時，看到了一則奇怪的留言。

「那支影片是我喜歡的片商正在主推的新人的出道作品。找到的時候我覺得運氣真好，看完之後也沒多想地滑了一下，就剛好看到那則留言。」

『真可愛啊。要不要來我們家呀？』

「我一開始覺得可能是不太會用網路的大叔所留下的留言，但感覺又有點奇怪，所以有些在意。」

大概過了一個月左右，A先生在那個網站找到同一位女演員的新作品。

「我都不知道她已經推出第二部作品，於是點開那支影片，沒想到又在那裡看到留言。」

『要不要來我們家呀？也有柿子喔。』

「我下意識覺得是同一個人的留言。當然，就算在這種地方留言，那個女生也不可能看得到，而且內容還很莫名其妙，讓我覺得很詭異。」

在那之後，不定期轉載到網站上的那個女演員的影片底下，幾乎可以說是必定會出現文體相似的留言。那些字句在沒什麼人留言的留言區上相當顯眼。

「我也漸漸產生看好戲的心情，後來每當出現那個女生的影片時，我都會去確認有沒有留言。」

狀況就這樣持續了幾個月之後，那個女演員的作品又被轉載上傳到網站上。那支影片底下的留言區則是出現了這樣的留言。

『要不要來山上呀？也有柿子喔。』

那天A先生在上班時受到上司斥責，於是不禁湧上一股惡意的好奇心。

「我沒有想太多，只是想捉弄一下對方而已。」

他回覆了那則留言。

『要不要來山上呀?也有柿子喔。』

『謝謝你一直以來的留言!我是〇〇(影片女演員的名字)。請問你家在哪裡呢?』

回完這則留言之後,惡作劇的心態也得到滿足,那天過後A就忘了自己有回覆過這樣的留言。

當他下一次回想起這件事,是在看到那個女演員又有新的影片被上傳的時候。留言區出現這樣的內容。

『為什麼沒來?我一直在等妳。』

「我連忙點開上次回覆留言的那支影片頁面,沒想到我惡作劇回覆的留言,竟得到了回應。」

『要不要來山上呀?也有柿子喔。』

『謝謝你一直以來的留言！我是〇〇。請問你家在哪裡呢？』

『●●●●●－●●－●●●（由於是實際存在的地址因此不公開）。』

「就連門牌號碼也全都寫上來了。我真的嚇了一跳。沒想到對方是認真的。與此同時，我才察覺自己回應了一個危險的對象。」

儘管感到恐懼，Ａ先生無意間一個動念，便用地圖ＡＰＰ尋找了那個地址。

「我也不是抱持什麼目的才這樣做，就只是想看看這種危險的人究竟住在怎樣的地方。」

看到顯示出來的地方，他嚇了一跳。

「那裡並非一般住家，而是神社。還是位於鄉下地區的一座相當老舊的神社。從街景來看似乎蓋在沒有很高的山上。山腳車道的岔路上矗立著破舊的鳥居，階梯就從那邊一路延伸到山上的本殿去。但本殿也是一片荒蕪，那裡應該變成廢墟了吧。」

「於是我再也不想深究下去。後來也就盡量不去逛那個網站了。但就只有一次，忘記是什麼原因而點開了那個網站。那時也是剛好又有那個女生的影片被上傳……」

影片底下有一句這樣的留言。

『嫁過來吧。』

某週刊雜誌　１９８９年３月14日號刊載

〈實錄！奈良縣失蹤少女有新線索？〉

關西睽違好幾年下雪的那一天，少女突然失去蹤影——

說起1984年2月，一位住在奈良縣的八歲少女K小妹妹在放學後失蹤，時隔五年到現在都尚未尋獲的這起事件，本誌的忠實讀者想必都有印象吧。這幾年來，編輯部一直透過各個觀點調查K小妹妹的下落。由於失蹤當時有許多疑點，因此從遭變態綁架，到被不明飛行物帶走等各種說法都驗證過了一輪，但全都僅止於臆測而已。這次，根據編輯部的獨家採訪而發現新的線索，便想在此提出新的可能性。

儘管對於本誌讀者而言可說是無人不知的事實，但這起事件之所以會被視為奇異事件，就是因為失蹤當時的狀況太不自然的關係。

失蹤當天，當時就讀小學二年級的K小妹妹，放學後跟同學Y小妹妹及E小妹妹一起回家。K小妹妹的家位在人來人往的住宅區裡的，一條死路的巷弄之中，因此她自然會跟住家位置還得繼續在住宅區走一小段路的Y小妹妹及E小妹妹道別，獨自彎進巷弄內。進到那條巷子裡約莫四十公尺處就是K小妹妹的家，然而她卻再也沒有打開玄關的大門。

巷弄內除了K小妹妹家之外，還有四戶人家，但住戶都是一般家庭或高齡夫婦，而且經過警方的搜索也證實難以認定他們有涉及本案。換句話說，K小妹妹是在從巷口到自家這短短幾十公尺之間失去了蹤影。

包含K小妹妹家在內，周遭的住家屋內及庭院都沒有絲毫遭人入侵的跡象，而且K小妹妹是在下午四點多失蹤，儘管那個時段的住宅區理應有許多人來往，卻沒有任何人目擊，當時八卦節目還把這視為現代神隱事件大肆報導。

由於媒體恣意推測是自家人犯案並爭相報導，承受不了外界壓力的K小妹妹親屬在事件發生兩個月後自盡，也讓本案給人留下更深刻的印象。

於是編輯部對於這起儘管經過這段年月的流逝，直到現在搜索依然毫無進展的案件，蒐集了一些令人深感興趣的情報。

・通靈實驗

1988年7月13日的晚上九點到十點之間，〇〇電視台播放了一個「TV的力量～搜尋失蹤者特輯～」這樣的節目。節目內容是一邊說明數起失蹤事件的內容，同時在現場直播期間向觀眾募集各種情報，其中也安排許多時間介紹了K小妹妹的事件。

節目當中就只有在K小妹妹的那一段落，除了說明事件概要及向觀眾募集情報之外，還請了赴日的美國靈媒〇〇〇氏透過通靈鎖定她的所在地。通靈實驗中準備了K小妹妹的照片，以及日本地圖跟近畿地區的地圖。當時結束通靈的靈媒表現出驚慌失措的樣子，卻還是這麼表示：

「令人遺憾的是，K小妹妹應該不在世上了。但通常在通靈對象死亡的狀況下，我看到的照片中人物會顯得模糊，然而K小妹妹卻依然清晰。我是第一次遇到這種狀況，因此嚇了一跳。我只能回答K小妹妹既沒有活著，也沒有死亡。」

另外，當記者詢問靈媒K小妹妹的所在地時，靈媒指出是位於近畿地區●●●●●的●●●●●一帶。但那裡距離K小妹妹的住家相當遙遠，在該節目中登場的母親也說不只K小妹妹，他們家的人都不曾到過該地。

該節目的工作人員在採訪靈媒之後也針對●●●●●進行過一番調查，最終在節目播出時依然沒有得到什麼有力的線索。在這之後，也沒有關於調查的後續報導。

＊＊＊＊＊

・奇妙的體驗

自從上次刊載本案的特輯發售之後，有許多讀者聯絡編輯部。在那當中，好幾位都提供了相似的證詞。首先要介紹的是長途貨車司機I先生的體驗。

以工作性質來說，我常會需要駕駛貨車一整個晚上，那天也是在半夜三點左右開車經過●●●●●那附近。

那附近滿冷清的對吧。山跟水壩之間有一條公路，那邊雖然也住有幾戶人家，但一到了晚上就只有像我們這種要越過山嶺的大型卡車會經過而已，四周真的都很安靜。也沒幾盞路燈，如果不開遠燈甚至會看不清楚眼前的道路。

我記得是開到快要抵達山頂的時候。就在那裡看到一個小女生。她揹著書包，身穿粉紅色的毛衣。在公路的邊邊背對車道站著。

我心想這絕對是出事了，便立刻把車子靠邊停，並下去查看狀況。但就算我走了過去，那個小女生依然背對著道路，也就是面向山那邊的樹林站著。照理來說一旦有人靠近，應該會朝我這邊看過來才對，卻絲毫不見她做出這樣的動作。

這時，我才開始產生「該不會是遇到鬼魂或幽靈之類的吧」這樣的念頭。但一想到萬一並非如此，我總不能把一個小女生丟在這種地方不管，所以還是靠過去問「妳還好嗎？妳怎麼了？」，並湊近看她的臉。

結果那個小女生在笑。該說是笑容滿面嗎？總之面帶誇張的笑容抬起眼睛朝我看過來。我真的是嚇到腳都發抖了。但還是強忍恐懼感問她「妳住哪裡？叫什麼名字呢？」，然後她就用那副表情說：

「K呀，變成新娘子了喔。」

我不知道該如何是好，於是對她說「總之妳先跟叔叔一起上卡車吧」，結果下個瞬間那個小女生就衝進樹林裡了。沒錯，當然是那一片黑暗的樹林當中。

我實在是被嚇得不輕。完全沒辦法跟著追上去。你說警察嗎？我當然有報警。姑且還留下了筆錄，結果反而被質疑「這位司機大哥，你應該不是酒駕吧？」。但警察的應對也莫名冷淡，有種習以為常的感覺，讓我有點在意。

在那之後過了一段時間，我在老家附近的派出所看到K小妹妹的尋人啟事。名字跟服裝都跟那個小女生一模一樣。我想說這種怪事不管對誰講應該都沒人相信，所以就跟你們聯絡了。

＊＊＊＊＊

除了這位I先生的證詞之外，編輯部還收到好幾個「朋友在●●●●●附近有看到很像是K小妹妹的人」這樣的消息。每一則情報的共通點都是晚上在●●●●●那一帶看到K小妹妹。大多情況都是沒去向她搭話就連忙逃走，不然就是在走去跟她搭話之前，K小妹妹就自己離開了。

・親屬之死

本篇文章的開頭也有提及，在K小妹妹失蹤的兩個月後，他們家族有一位親屬自盡。報導指出，那位親屬是被部分無良媒體害到罹患精神疾病最後自殺身亡，但根據知情人士所提供的情報，原因卻並非如此。

新聞只有提及是親屬，也只被當作是與K小妹妹失蹤相關的悲劇之一，並沒有更深入的報導，但自殺的親屬正是K小妹妹的叔叔，M先生。

首先，M先生並沒有跟K小妹妹一家人同住。他在奈良縣一間工程管理公司上班，並住在公司的單身宿舍，與K小妹妹一家人的關係也只是幾個月會見一次面的程度而已。在K小妹妹失蹤前三星期左右，K小妹妹一家人招待M先生到家裡吃了一頓晚餐，但平常也沒有特別密切的往來。

在此想提及關於M先生的一件事情。M先生任職的工程管理公司主要是做水壩管理的業務，在那當中也包含了位於●●●●●的●●●●●水壩。而且身為管理技師的M先生自一月起被分配到的現場正是●●●●●水壩。

據說M先生自殺的時候，並沒有找到遺書等物。

從以上幾點來看，編輯部認為M先生跟K小妹妹的失蹤案在某種形式上有所關聯。但拼湊出這個想法的幾項關鍵要素都缺乏佐證，因此終究只是推測而已。為了解開本案真相，編輯部會持續調查下去。

『發生在近畿某處的那些事』

1

初次見面，大家好。我是背筋。雖然不知道能不能稱為本作品——總之非常感謝各位讀者看起書中的這些文章。

我在東京從事專欄作家的工作。背筋是為了這部作品在各方面圖個方便而取的筆名，本業執筆時是使用其他筆名。

撰寫文章的領域主要是神祕學雜誌跟怪談雜誌，偶爾也會接觸到廣播或區域性節目的怪談劇本統籌工作。我曾任小型出版社的編輯，算起來在這個圈子的一角也工作了二十年左右的時間，但畢竟是小眾領域，因此最近也會承接美食雜誌、賭博情報雜誌等跨領域的工作，勉強靠這行吃飯。

想必有很多讀者看到作者突然講起自己的事情而感到困惑吧。但包含我自己的經歷在內，接下來要告訴各位的內容對於閱讀這部作品來說，是相當重要的情報。另外，也有件事情希望各位能在理解這樣的內容之後，盡可能提供協助。

那同時也是我發表這部作品的動機。願請各位讀到最後。

我的朋友音訊全無。希望有人可以提供這方面的情報。

首先，在此要先告知各位讀者，收錄在這部作品中的文章作者並不是我本人。

也不是我失蹤的朋友小澤。

而是以他任職的出版社（現在應該說是前公司）所發行的雜誌為中心，從各式各樣的媒體節錄下來，集結成這本名為《發生在近畿某處的那些事》的作品。另外，在這部作品中收錄的文章大多都跟「某個地方」有關。

那個「某個地方」，嚴格來說是「橫跨好幾個地區的那一帶」，並正如書名所示，就位於近畿地區。

也因為那個地方跨越了縣市，因此並沒有一個統一的稱呼。但若攤開地圖，大概就是可以一筆畫個圈框起來的區域。

之後會詳述不在此告知各位讀者是哪個地方的理由，所以在提及「某個地方」的範圍時，文章內的土地專有名詞會全用●●●●●這樣避諱字的方式替代。

我是在四年前左右，也就是日本受到新型冠狀病毒肆虐的前一年，認識了目前依然下落不明的小澤。

當時我們幾個喜歡驚悚文化的人在社群網站上認識，並辦了一場線下聚會。我自己本身就是個驚悚文化的狂熱者，而且就職業上來說也能同時尋找寫作靈感，因此我很常參加這樣的聚會。

我記得那一次是少少幾個人聚在高圓寺的一間咖啡廳，一起暢聊驚悚電影的線下聚會。他是跟當時的女朋友（雖然幾個月後就聽他說被甩了）一起參加。喜歡驚悚文化的是那位女朋友，他自己則應該說是喜歡著包含驚悚片在內的所有電影。但好奇心旺盛的他，當每個成員闡述起自己對於驚悚電影的看法時都聽得很專心，也很積極找坐在隔壁的我交談，讓人印象深刻。我也因為他親切的態度及善於傾聽的個性，不小心就偏離了電影這個原本的宗旨，而說起在身為專欄作家的經驗中碰上的怪談及都市傳說。

他當時是個大學二年級學生，跟年紀大了將近兩輪的我也能聊得很熱絡，讓我感到非常開心。以那次線下聚會為契機，我跟他也成了偶爾會在社群網站的回覆上聯絡彼此近況的交情。

一年前左右，我收到他傳來的一則私訊。

「好久不見！其實我收到出版社的錄取通知，春天開始就要去上班了。而且被分發到的部門還是也有在製作神祕學類型的雜誌編輯部……我就想這絕對要報告一聲才行。而且很久沒見面了，也想跟您這位業界大前輩拜個碼頭，請問最近有空去喝一杯嗎？」

睽違幾年再碰面，不知道是不是我多心了，總覺得他看起來儼然已成為一位社會人士，明明只是第二次見面，卻讓我覺得感慨萬千。

在我常去的一間位於中野的居酒屋裡乾杯，並稍微聊了一下近況之後，便得知他錄取的公司剛好是我也承接過幾次工作，以出版雜誌、書籍為中心的中型規模出版社。

「我是應徵編輯，並希望進到文藝部門。雖然沒能分發到我的第一志願……不過也算是成為編輯了，我會在現在這個環境下好好努力。」

他被分發到的是製作ＭＯＯＫ的編輯部。在此向不熟悉ＭＯＯＫ這個名稱的讀者簡單說明一下，所謂ＭＯＯＫ就是將ＭＡＧＡＺＩＮＥ跟ＢＯＯＫ合併在一起的名稱，也稱作別冊。非定期刊行的單本雜誌，或便利商店版的雜誌都算在此類。他現在的身分就是一位ＭＯＯＫ編輯。

「話雖如此，我還只是個剛畢業的外行人，公司沒有一開始就將一整本內容交給我製作，現在都跟著前輩做事，幾乎只有處理雜務而已。」

前幾天，前輩編輯終於給了他一次機會。

「我們平常都是間隔兩三個月做出一本書，但由於我還是個新人，同時也要協助前輩處理雜事，因此前輩表示可以讓我用一年的時間做出一本書。話說回來，您知道我們公司發行的月刊〇〇〇〇嗎？」

他所說的，是業界知名的神祕學專刊。

是有著二十年以上歷史的神祕學業界老字號刊物，原本是報導演藝圈相關的寫真週刊雜誌〇〇〇〇中的一個專欄，後來獨立創刊。

從短篇的真實怪談、靈異景點的報導、都市傳說、未解懸案，就連ＵＦＯ都網羅其中，這樣毫無節操的風格反而受到讀者好評，在喜歡神祕學及驚悚文化的客群當中，直到現在都還有一批死忠讀者。然而受到出版業界衰退的影響，雜誌已在多年前休刊，編輯部也隨之解散。後來就以ＭＯＯＫ的形式以別冊〇〇〇〇之名不定期出刊，或是用別的名稱發行便利商店版。

我在剛踏入這一行的時候，也常在那本雜誌發表文章，休刊變成別冊之後也承接過幾次案子。最近很久沒接到他們工作上的委託……但他說自己的第一份工作，就是要編輯別冊〇〇〇〇的下一期。

雖然沒有說出口，但我立刻就明白他前輩的意圖了。照現在這個市場看來，神祕學專刊的銷售狀況不會有爆發性的成長，除了鐵粉之外，幾乎就只有出於好奇的讀者會買，就這方面來說很適合讓新人練習。一問之下才發現，別冊〇〇〇〇並沒有固定由哪一位編輯負責，而是由製作檔期剛好有空的ＭＯＯＫ部門編輯兼著做，明顯就是非主力商品。

相比於我這樣的想法，他對於第一次負責的雜誌表現出滿滿幹勁。

「我提出的企畫是找個驚悚性質的ＹｏｕＴｕｂｅ頻道常會去拍影片的那種靈異景點，並加入知名直播主的採訪，但是……」

他的提案似乎全被前輩駁回了。原因我也大概能猜想得到……

「採訪跟找人撰寫一篇新的文章都需要花錢。只要錢花下去，就能做出好的內容。但前輩說新人就是要先絞盡腦汁，在不花錢的前提下做出好的東西。」

說好聽點是指導新人編輯的一環，但我覺得簡單來說就是不想分配預算給這本刊物。這一點從近年來發行的別冊〇〇〇〇內容，全是拿以前月刊時期的文章拼湊而成的就能看出端倪，每個主題都是似曾相識的感覺，就連在我這個外人看來，都知道這本刊物在製作上想盡可能不要產生外包費用。

「如果要在不花錢的前提下做出刊物，也就只能沿用過去刊登過的文章，但既然得到可以負責一本刊物的經驗，我想就用自己的方式做得徹底一點。」

令人驚訝的是，他似乎將包含週刊時期的專欄文章在內的所有過去刊物內容都看過了一輪。其數量應該有上百篇，甚至更多。但在好奇心旺盛的天性及對於第一份工作投注的熱情驅使下，他似乎並不為此感到多麼辛勞。

「趁著遠端工作的空檔，我幾乎都窩在公司的書庫閱讀。除了過去的刊物之外，那裡還存放了很多採訪資料，但都只是全部塞進紙箱裡，完全沒人整理。應該還要再花點時間，才能看完那些內容。總之我想將現有的東西全都看過一次之後再確立主題，並以此為中心構思出一個特輯。雖然金額不多，但我還是爭取到可以用在做新的採訪及發稿文章的預算，等到企畫都確定了之後，還希望能請您承接這個案子。」

能參與朋友的第一份工作也讓我感到很開心，我便一口答應了。

在那之後過了一個月左右，我再次收到他的聯繫——

某月刊雜誌　２００６年４月號刊載

〈林間學校發生集體歇斯底里事件的真相〉

關西一所名門私立R國中，2002年在林間學校（註1）發生集體歇斯底里的事件，讓這所學校在全國知名度大開。以學生為首，有許多目擊者提供的證詞都是按照常理難以想像的內容。

關於許多媒體將這視為怪奇事件並爭相報導，但還是以集體歇斯底里為由，姑且算是有個了結的這起事件，本誌向當時是該校二年級的學生，並實際目睹當時情形的U同學進行了獨家採訪。以下為採訪全文。

＊＊＊＊＊

新聞雖然都說這是集體歇斯底里之類的情形，但那絕非如此。因為我跟我的朋友，就連老師也都一同目睹了。

那已經是四年前的事了呢。就算與當時的同學相聚，這件事依然就像個禁忌一樣被避而不談。畢竟有人因此喪命。

我就讀的私立國中會在二年級的時候到像是林間學校的地方舉辦要過夜的校外教學。學長姊們好像是去岡山那邊，但從我們這一屆開始，前往的地點就改成位於●●●●●的，那是稱為休養機構嗎？——總之就是那樣的地方。啊，有聽過對吧。新聞也常會拍到那裡。

好像是最近才落成不久，是一棟非常漂亮的建築物。除了學校的那種活動之外，似乎也會有公司在那邊舉辦培訓，完全沒有像是青少年自然之家那樣的破舊感，所以大家都非常開心。

白天進行了有點像在爬山的健走競賽，並在附近的露營區吃營火炊飯，晚上在休養機構的餐廳吃完飯後就由各班表演節目，整天下來都滿開心的。然後應該是從晚上八點左右直到就寢時間之前，有一段大家在各自房裡度過的自由時間。

那棟建築物的正面玄關是面向公路沒錯，但住宿的房間是位在面山的後側。

四人住一房，打開窗戶外面有個略為狹窄的陽臺，眼前就是一大片延續到山上的漆黑樹林。面向樹林的每一間房格局都一樣，而且是兩層樓的建築。因為房間是這樣的感覺，所以到了自由時間，也有人是在陽臺上跟隔壁房的同學聊天。男生還很大聲地跟樓上陽臺的人玩傳話遊戲呢。

註1：日本中、小學常見的校外教學活動，多於春、秋兩季在較高海拔地區的林地舉行。

我當時跟要好的朋友一起在房間裡玩撲克牌，但陽臺那邊漸漸嘈雜起來。這讓我覺得有點在意，便出聲問了跑去陽臺的人，對方回答道「有奇怪的聲音」。儘管一邊說著「咦～好恐怖喔～」，我們也跟著跑到陽臺去。

那時每個房間的陽臺都擠滿了人，大家都探出身子，樓上的陽臺也紛紛傳來「咦？怎麼了？」、「有聽到嗎？」之類的對話。

確實只要仔細去聽，就能聽到從樹林深處傳來的聲音。

「喂──」

那並不是希望人家去救助的感覺，而是像在呼喚一樣，間隔一段時間就會聽到。大概是男性的聲音。

這時，明明不去搭理就好了，有個感覺比較頑皮的別班男生卻開玩笑地「喂～～喂～～」做出回應。接著又傳來「喂──」的聲音。就像要回應呼喚一樣，那個男生又喊著「喂～～喂～～」並跟他朋友笑成一團。

這種事情反覆了幾次之後，突然有人說「是不是越來越接近了啊？」。

沒錯，一開始還只是不確定聽不聽得到的聲音，現在已經變得可以明確聽到了。但由於當時的光源就只有每間房裡的電燈亮光而已，從陽臺看過去也只能看到幾公尺遠的樹林。然而，以感覺來說如果是在大白天，應該已經接近到能看得見的距離了。

到了這個時候，大家就開始喊著「好可怕、好可怕」地吵鬧起來。有些人逃回房裡並將陽臺的窗戶關起來，也有人說著「我去叫老師來」，總之各種聲音由各個陽臺傳了過來。

你說我嗎？我當然也覺得很可怕，但好奇心還是略勝一籌。而且我們那間房的所有人都還待在陽臺上，一起望向那片樹林。

就在這時，隔壁陽臺上的女生對著樹林用較為響亮的聲音問道：

「請問是怎麼了嗎？」

她是別班的班長，但因為有參與學生會競選的關係，我也認得她的長相。從她的個性來看，應該不是為了嘲諷，而是真的想確認一下對方究竟有何意圖才會這麼問。

其他還在陽臺上的人也都默默地有種在等待對方會如何回應的感覺，我還記得四下頓時變得一片寂靜。

「來呀——過來這邊——有柿子喔——」

對方用清晰的聲音這麼說。但是，該怎麼講呢？像是不帶感情那樣嗎，總之語調真的很平板。若要形容得更直接一點，就像有個不懂這句日文是什麼意思的人在說話一樣。甚至有點像是模仿人類的動物在說話的感覺。

比起恐懼大家反而是都呆住了，但那個女生又接著這麼反問。我還記得她的聲音有些顫抖。

「這是什麼意思呢？」

這句話都還沒說完，就開始聽到聲音。

「來呀——過來這邊——有柿子喔——來呀——過來這邊——有柿子喔——來呀——過來這邊——有柿子喔——來呀——過來這邊——有柿子喔——」

並不斷重覆著。

當別間房的陽臺有人尖叫「呀啊——」之後，所有人都陷入半瘋狂的狀態，紛紛開始衝回房間。

我們也幾乎是邊哭邊急著要回房間，但突然聽到一聲「喂！是誰！」的怒吼，才發現是有老師來了。從我房間所在的角度是看不清楚，不過可以得知有老師來到二樓某間房的陽臺。那時候我的姿勢應該是半個身體都已經踏入房間並轉過頭去，剛好就看到一道圓形的亮光打在樹林那邊。我想應該是老師用手電筒照亮的光線吧。

光線好一陣子繞來繞去地照亮樹林，這時在轉瞬間好像突然照到了某個東西。

我直到現在還想不透那究竟是什麼，但應該是一個人吧。

我並不是看到完整的身影。光線就只照到腳邊而已。異樣白皙又大的赤腳。沒穿鞋子，就這麼光著腳。

真的非常大。從腳的大小來看，全身說不定有三公尺高吧。隨後就立刻跑走了。

在那之後，老師要大家到餐廳集合，說明由於出現可疑人士所以已經報警，更叮囑今晚絕對不要再到陽臺去，後來就要我們就寢。但是，有滿多人都嚇得不輕，好像也有人出現身體不適的狀況。隔天本來要去參觀水壩，後來就取消行程並提前返家。

過幾天學校好像有針對這件事情開了一場說明會，我媽媽也有去參加，但據說沒有看到絲毫可疑人士的蹤跡。另外，還被吩咐放學後就算有媒體問東問西也都不要回答。

在這之後的事情大概就只有學校的學生知道吧。當時那位擔任班長的女生，後來就變得有點奇怪。

上課到一半她突然站起來大喊「我想去山上」。接著便再也沒來學校上課。然後過了幾個月，她就死掉了。老師雖然沒有明講，但好像是自殺的樣子。我聽跟那個班長同班，並有去參加告別式的同學說，當時棺材完全密封起來，似乎無法見到她最後一面。

那位同學本來想跟她做最後的道別，因此感到很悲傷。

某月刊雜誌　1993年8月號刊載

短篇〈麻悉羅先生〉

聽說住在那個社區的小孩都會變得很不對勁。

那個社區是在六年前左右，正值新市鎮風潮時削去●●●●●●的單側山坡，經過整地之後建設而成的。

雖然遠離都市區，但也是相隔只要開車通勤就不成問題的距離，在這般地理位置的推波助瀾下，剛落成的時候就已經全戶售罄，受歡迎的程度可見一斑。

總共超過一千戶的多棟型社區裡還附設公園，看起來儼然就是一個小城鎮。在殘存著如今當地居民仍居住著的老屋街區一旁，聳立著新落成的公寓群的光景，呈現出異樣的對比。

社區居民幾乎都是為了在遠離都市的地方養育小孩才移居過來的家庭，白天時媽媽們都會帶著年幼的孩子們到公園聚集，或是拜訪鄰居喝個下午茶，才搬進來不久，媽媽們就各自形成了一個個的小團體。

A太太一家人也是在社區落成的同時就搬進來的居民。

A太太是家庭主婦，丈夫則是上班族，夫妻倆有個十歲的女兒B小妹妹，以及一隻從以前養到現在的貓，過著一家三口外加寵物的生活。A太太一早送丈夫跟B小妹妹出門上班上課後，白天除了做家事之外，也常會打著敦親睦鄰的名義，參與媽媽們的八卦大會。

就在搬來經過幾個月的時候，她察覺到那個狀況。

B小妹妹變得不太對勁。

她以前也是會跟那年紀的孩子一樣耍任性，但自從搬到這個社區之後，感覺就變得有點不太一樣。不但會故意用力去踩家裡養的貓的尾巴，還會在超市的生鮮食品賣場上把番茄捏碎之類，以B小妹妹的年紀來說顯得不自然的行動變得越加明顯。當場斥責她的行為之後暫且還是會乖乖聽從，但過了一段時間又會做出那樣的惡作劇，這狀況令A太太苦惱不已。

跟丈夫商量過後，兩人覺得可能是環境上的變化給她帶來壓力所造成，便決定靜觀其變。某天，A太太跟幾個比較要好的媽媽們站著聊天時，隨口抱怨了一下這件事。沒想到那些有著年紀相仿的孩子的媽媽們，也都紛紛開始說起同樣的情形。

會去抓蝴蝶並扯掉其翅膀埋進沙子裡、將盆栽從高樓往下丟，或是動腳去踹擦身而過、裡面還坐著幼兒的嬰兒車之類，在搬過來之前都不曾做過的惡劣惡作劇日漸增加。

A太太也回想起就在前幾天，她在社區裡看到幾個應該是小學生的小朋友拔起花壇裡的花並亂丟在地上，便去跟他們告誡一番的事情。

A太太跟幾個媽媽認為，原因可能出在小朋友們搬過來之後開始就讀的那所小學。會這樣推測，也是因為住在那個社區的小朋友們必然都會去念同一所小學，並在那裡度過一天中的大半時間。

那所小學已經建校多年，當地的小朋友們都在那裡就讀，但配合社區的興建，學校重建了校舍，教職員也跟著擴編，好讓搬過來的孩子們入學。就結果來說，現在去那所學校上課的學生同時有「當地小孩」跟「社區小孩」。

A太太等媽媽們趁著教學參觀日的時候，去向老師問起最近校內有沒有在流行一些惡劣的惡作劇行為。老師先是說沒有特別發現這樣的狀況，但想了一下就說其實好像有個只有社區小孩在玩的祕密遊戲。

那個遊戲似乎不讓當地小孩參與，曾有覺得遭到排擠的當地小孩跑來找老師哭訴，因此這件事在教師之間好像也成了一個問題。

A太太那天就試著問了放學回家的B小妹妹關於那個遊戲的事。B小妹妹一開始還不太想說，但在答應她不會告訴任何人之後，這才開始說起遊戲的內容。

那個遊戲叫作「麻悉羅先生」。

不知道是從誰開始的。但是，這個社區的小孩大家都在玩。大人跟當地小孩不能參與這個遊戲。因為這是只屬於社區小孩的祕密。

「麻悉羅先生」跟鬼抓人有點像。通常是四到六個人左右開始玩，但並沒有特別規定人數。

首先男生跟女生要分成兩組人馬。男生們進行猜拳，輸的人就要當「麻悉羅先生」。當男生們在猜拳的時候，女生們要開始逃跑。當「麻悉羅先生」的男生要鎖定其中一個女生並追上去抓住她。除了「麻悉羅先生」以外的男生則要提供協助。像是通報女生躲藏的地方，或是妨礙女生逃跑。

但是，除了「麻悉羅先生」以外都不能碰觸到女生。

「麻悉羅先生」成功抓到女生之後，「麻悉羅先生」就要跟女生要求「替身」。

替身內容有時候是橡皮擦，有時候是襪子，每次都不一樣。女生必須將那個「替身」交給「麻悉羅先生」才行。絕不容許不交出「替身」。因為那樣會發生可怕的事。

被抓到的女生在交出「替身」之後，「麻悉羅先生」這個遊戲才會結束。無論要花幾個小時甚至幾天，直到拿「替身」過來之前，「麻悉羅先生」這個遊戲都不會結束。而且這段期間都不能跟那個被抓到的女生講話。

聽到這樣的遊戲內容，A太太不禁感到不寒而慄。她覺得這並不是孩子們的遊戲，而是除此之外的某種東西。

那天晚上，當家人都睡著之後，A太太在安靜的家中聽見玄關門關上的聲響。由於A太太跟丈夫睡在同一間寢室，因此發出聲音的人只會是自從搬來這裡之後，就獨自睡在小孩房間的B小妹妹。

走出寢室之後，她正好看到B小妹妹在玄關脫鞋子。一副才剛回到家的樣子。

逼問她半夜獨自外出的理由之後，她便說是「去交出替身」。但無論再怎麼追問她是去見誰，都只會回答「麻悉羅先生」。接著問起是去交出什麼東西，她便喃喃地回答一句「米可」，也就是家裡養的貓的名字。

只見客廳有一小灘血跡，而掉在旁邊的花瓶上黏著被鮮血沾溼的毛。

A太太一家人不久後就決定搬家了。

網路蒐集的情報

1

根據●●●●●署的調查，女性為居住在長野縣長野市的○○○○小姐(35)，以及○○○○小姐的女兒○○○○小妹妹(12)。警方認為跟兩人同住的丈夫(35)與本案有關，並正對他進行偵訊。
該署在調查期間，得知被害人之前就曾向鄰居透露「最近會到●●●●●的山上那邊找一位很照顧我們家的人」這樣的證詞，再加上被害人的住家與●●●●●水壩之間相隔滿遠的一段距離，因此會朝著還有其他共犯的可能性進行搜查。

＊＊＊＊＊＊

【出自「幸弘的靈異景點突擊頻道」 2020年5月27日直播記錄影片】
※由於該影片現在已經刪除，以下是將在多個網路討論區發表的影片聽打成逐字稿轉載的內容。

（直播開始）

大家晚安～我是今天也精神飽滿地突擊靈異景點的阿幸～

呃～今天呢，總算決定要去突擊很多人敲碗的●●●●●啦。
有在觀看我們頻道的人想必早就知道，這裡可是被稱為關西最恐怖的靈異景點。不管怎麼說，這裡最厲害的就是看點之多啊。有水壩、有廢墟，還有隧道。根本是靈異景點的百貨公司嘛。既然都來了，乾脆就全部去過一輪，總之第一波就先衝個●●●●●隧道吧。

【出自「可疑人士情報討論區」】

地點：●●●●●十字路口附近
發生時間：2018年10月19日16點20分左右
可疑人士特徵：年約五十多歲、男性、平頭、體型肥胖、徒步、藍色夾克
內容：對放學途中的小學女生搭話，說「我帶妳去山上吧」

地點：●●●●●小學附近
發生時間：2020年5月27日11點30分左右
可疑人士特徵：年約二十多歲、男性、金髮、體型偏瘦、駕車、黑色帽T
內容：從車窗內拿出手機對著路過的女性搭話，問「要不要去山上」

地點：●●●●●公路附近
發生時間：2021年6月3日21點00分左右
可疑人士特徵：年約四十多歲、男性、短髮、中等身材、徒步、西裝
內容：對著騎腳踏車的女性搭話，邊說「一起去山上嘛」並跑著追上去

＊＊＊＊＊＊

【節錄自2016年8月19日「××新聞電子報」】

8月18日，住在●●●●●水壩附近的居民向警方通報「有東西浮在水壩裡」。趕往現場的●●●●●署警員發現有女性及女童浮在水面上。不久後就確認兩人皆死亡。

蛋了嗎？怎麼辦呢。啊～超多留言都在叫我再進去一次耶。
不然就裝作迷路，找對方攀談一下好了。

（開門聲）

不好意思…咦？哇啊！

（關門聲後傳出引擎聲）

天啊，那是怎樣，嚇死，不但笑容滿面的樣子，還一邊揮手朝著我跑過來。

（行駛音）

真的嚇死人，這也太恐怖了吧，有拍到嗎？不覺得很嚇人嗎？要是我再晚一步把車子開走，大概就會跑到這邊來了。那究竟是什麼東西啊？幽靈嗎？幽靈會有那麼明確的實體嗎？
總之我想先冷靜一下，心臟現在狂跳個不停。雖然還有好一段距離，但我記得附近應該有間家庭餐廳，我會努力開到那邊去。

天啊～到頭來那究竟是什麼東西啊？討厭～都是你們這些觀眾叫我再去一次，害我嚇得要命耶～唉～氣死人了，開什麼玩笑啊，小心我殺了你們。咦？好像出現很多留言耶。咦？我沒有哪裡怪怪的啊，怎麼了嗎？嘰嘰喳喳的煩不煩啊，去死啦。這樣還要去做第二波突擊，未免也太可怕了～但大家應該都很期待吧。我絕對會殺死你們。但今天實在有點……去死。全白…………

（語焉不詳的呢喃持續了五分鐘左右）

欸～我看留言區也有人在叫我廢話少說趕快去，那我這就立刻進去啦。大家應該看就知道了，我現在人在車子裡。下車之後就是隧道入口了，準備得很周全吧。

（關門聲）

正如各位所見，隧道裡沒有任何人呢。廢話，現在是半夜三點嘛。這個隧道還滿大的耶。如果有卡車經過，我可得小心點別被撞到。呃——根據網路上的說法呢，從我現在所在的入口這邊……啊，兩邊都可以說是入口吧。總之，我現在要從車子開過來的這個入口，朝著有水壩的那一側入口大喊「喂～～」。如此一來幽靈好像就會現身。這個說法應該是眾所皆知的吧。
等一下就進到隧道裡探索，現在先來驗證一下這個傳聞的真實性。

總覺得有股寒氣耶。咦？叫我少裝了？哈哈！那這就來試試看吧。喂～～

什麼事都沒發生耶。再試一次。喂～～

嗯。什麼事都沒發生。那這就進去裡……嗯？啊，糟糕。
我先回車上。

（關門聲）

剛才有拍到嗎？應該有拍到吧？好像有人從對面那邊走過來耶。嗯。隧道裡太暗了我看不清楚，但應該是在地人吧？
咦？要我再進去一次？要是人家去報警不就完

各位，要不要去山上呢？

（直播結束）

讀者投書

1

月刊○○○○編輯部收

不好意思，突然去信打擾。

我叫×××，是住在鳥取的大學生。

其實我是想求助你們才會寫信聯絡。

有個奇怪的男人在跟蹤我。

之前我有看過你們刊載關於●●●●●的文章，想說你們應該會有些頭緒，我便寫了這一封信。

內容有點長，希望你們可以看到最後並告訴我該怎麼辦才好。

那大概是今年八月時的事情。

我跟我的男朋友以及彼此都認識的一位男性朋友，三個人趁著大學放暑假的時候一起去兜風。想說難得有這樣的機會，我們就決定前往靈異景點，於是一起前往●●●●●那邊。

因為雜誌上偶爾會介紹到那個地方。

但要晚上去還是太可怕了，所以我們是在白天前往。

那一帶有很多鬧鬼住宅（還是社區公寓？）之類的鬼屋，但大白天也還是有滿多人在活動，所以一點都不可怕。

我們去了因為自殺事件而聞名的五號棟，也從鬼屋外面偷看了一下並找找有沒有貼符咒之類的，但並沒有特別發生什麼狀況。

越過山嶺另一側的●●●●●也有座水壩是知名的自殺景點，於是我們決定開車去那邊看看。

那時，車子行經一段不算太陡峭的山路。由男朋友開車，我則是坐在副駕駛座上。

有一輛車從對向車道開過來。那條路雖然是兩線道，但車道並沒有多寬敞，因此在會車的時候有減速下來。

我無意間朝對向車看了一眼，在開車的那個男人好像對著我說了什麼的樣子。我當然聽不到聲音所以也不清楚對方究竟說了什麼，但總覺得他不是看著開車的男朋友而是我。

結果在那之後，由於抵達水壩時天色已經暗了下來，我們都不敢下車去附近走走。

所以我們開車走在一旁的公路上看看水壩就踏上歸途。

抵達鳥取時，已經是深夜了。

就是從那之後開始。

隔天，我跟其他朋友在大學附近的店聚餐。

那間店位在開了很多餐飲店的街上，所以一到晚上整條街都是大學生跟下班的上班族，聚集許多用餐人潮。

晚上九點左右，我們決定換間店續攤，並在店門口討論「接下來要去哪裡？」。

我也跟大家圍在一起，但就在跟朋友講話的時候，朋友突然說了「那是誰？」。

朋友指著的地方是跟我們隔了一點距離，在兩間店中間的一條狹窄巷弄。

有個人在那條巷弄內只露出臉，並朝我這邊好像說了些什麼。

就是那個男人。

我覺得很害怕。後來朋友立刻去那邊查看，卻不見任何人影。

朋友說「大概只是剛好長得很像，妳認錯人了啦」，於是我也認為應該就是這樣。

在那之後大概過了一個月左右。

我又看見那個男人了。

傍晚下課之後我離開大學，並回到我自己一個人住的公寓。

就在我用鑰匙開門準備要進到家裡時，隔壁剛好傳來開門的聲音。

我想說可能是鄰居正要出門，並打算跟對方打聲招呼時，突然有個男人探出頭來，就只有臉朝向我這邊。

又是那個男人。

他好像想對我說些什麼，但我實在太害怕了，馬上就把門關上並鎖起來。

那天我請朋友到家裡陪我過夜。

我住的是女性專用的公寓。隔壁鄰居從我入住那時開始，就一直是位獨居的女性。

我當然也有報警，但那段時間鄰居好像跟朋友一起待在家裡，所以警方說是我誤會了。

在那之後過了幾天。

那天我趁著大學的課程空檔去上廁所。

由於下課時間廁所總是會有很多人，但研究大樓的廁所比較少人利用，所以我通常都會去那裡。

那個時候廁所裡的隔間也都沒有人。

在三間當中我進到最裡面的那間廁所。

上完廁所之後，我發現隔壁那間的門是鎖起來的。

然而這段期間我都沒聽到任何有人進來廁所的聲音，因此產生了非常不祥的預感。

就在我打算快步走過去並踏出一步時，眼前的那間廁所門就緩緩開啟，一個男人探出頭來。注視著我的那個男人露出滿臉笑容。

「歡迎再來喔。」

當我跑著衝過那間廁所前方時，總覺得他在對我這麼說。但由於我放聲尖叫，因此也不太確定就是了。

後來我就再也沒有實際看過那個男人了。但是，他開始出現在我的夢裡。

夢裡，我走在夜晚的山路上。四周都是高聳的樹木，月亮的光線幾乎都被遮蔽住了。我沿著鋪在山路上的老舊階梯不斷往上爬。階梯的兩側佇立著零星幾座石燈籠，但大多都已經垮了。階梯走到最後有一座傾斜的鳥居。

男人就在那個鳥居底下等我。
他依然是笑容滿面，並張著大嘴。
最恐怖的是，夢裡的我一點也不會感到害怕。
而且清醒之後，甚至還覺得神清氣爽。
我是不是被詛咒了呢？
那個男人究竟是誰？

請救救我。

※最後有一段應該是編輯的手寫筆記。
「2004年10月5日寄給編輯部，但由於寄件人的聯絡方式不明，因此無法進行採訪。暫且保留不刊載。」

「發生在近畿某處的那些事」 2

跟小澤聚餐的一個月後，他寄了一封電子郵件給我。

「關於別冊〇〇〇〇那件事，我想找您商量一下，請問最近有空出來討論嗎？這次是工作上的委託。」

幾天後，我剛好跟別人約在那附近開會，我們就在他位於神保町的公司附近一間咖啡廳見面。

我們在店門口會合，並在他點了拿鐵，我點了黑咖啡之後，他就慢慢將列印出來的幾篇報導攤在桌子上。

在我閱讀那些報導的期間，他一副等不及的樣子，朝我看了好幾次。

「其實，我希望您能替這次的別冊撰寫一篇文章。不過在那之前，我先跟您說明一下原委喔。」

幾乎在我看完的同時，他就開始娓娓道來。

聽說他在我們上次那場飯局過後，也是一直窩在公司的書庫裡翻找以前的資料。

然而擺放大量過去刊物的書櫃並沒有經過整理，別說沒按照發行年月日的順序排列了，甚至還有缺漏幾期，再加上全都隨便塞進旁邊紙箱裡的採訪資料及讀者投書，資料可說是一片混沌的狀態。

一開始他還想按照年代順序去看，但才做到一半就放棄了，決定拿到哪一期就先看過一次再說。反正最後全部都要看完，即使沒有按照發行順序，只要把在意的報導標註起來，之後再按照時序排列就好。

在這當中，他似乎有了新的發現。

現在日本大大小小加起來據說共有超過五百個靈異景點，但知名到雜誌等媒體會去報導的地方其實很有限。

像是多磨墓園跟生駒隧道（註2）之類的都很有名。當然北海道跟沖繩也是有知名的靈異景點，但站在媒體的立場來說，其實會想盡量避免包含旅費在內，需要花費較多採訪經費的地點，因此報導出來的景點必然就會集中在像是大阪、東京或福岡之類，得以讓與編輯部有往來，而且住在主要城市的外包撰稿人員不必跑太遠也能前往採訪的地方。

註2：分別位於東京及大阪。

而且與靈異景點相關的怪談多寡，也會跟造訪該地的人潮成正比。地理位置在於人們可以抱持著一半好玩的心態去試膽的景點就會越來越出名。

大概也是受到這樣的原委影響，就連對怪談不是那麼熟悉的他，只要看完十本過去刊物也就大概能找出頻繁出現的靈異景點了。

「一開始我只是覺得『又出現這個地方』而已。而且小時候爸媽曾帶我去過那附近的露營區玩，所以也可能是因為這樣，才給我留下比較深刻的印象。」

他這時所說的，是位於近畿地區的山群環繞下的那一帶，有著隧道、水壩及廢墟的靈異景點。由於那是在這個圈子相當有名的景點，因此我也有所耳聞。

而且在三公里左右的距離當中就有三個靈異景點，過去在社會上曾有過一股神祕學的風潮，時不時就會有人企劃要在一個晚上全都試膽過一輪，所以甚至讓我覺得有些懷念。

但我記得那些地方發生的全都是靈異景點常見的現象，像是在隧道裡做某件事情就會出現人頭、會有自殺者的鬼魂停留在水壩這個眾所皆知的自殺勝地，還有廢墟的地下室會出現女鬼之類，都是不太稀奇的鬼故事。近年來儘管在試膽必去的靈異景點裡來說已經確立了屹立不搖的地位，但媒體也不會再特別報導那個地方，給人過時的靈異景點的印象。

雖然跟我的世代不同，但他的看法好像也跟我一樣，讀著那些跟其他知名的靈異景點的體驗雷同而且相去無幾的鬼故事，也覺得有點膩的樣子。

「但是，當我看了幾篇文章之後，開始覺得這三個靈異景點說不定都是出自同樣的主因。」

這時，他指向我拿在手上那些列印出來的資料。

「〈實錄！奈良縣失蹤少女有新線索？〉、〈林間學校發生集體歇斯底里事件的真相〉、〈奇怪的留言〉，這三篇全都出自不同年代的報導。但因為我在其他報導中一直看到那個地名，所以這幾篇文章中出現的地點都讓我覺得很眼熟。沒錯。就是我剛才說的●●●●●那一帶。但這三篇並不全都是以靈異景點為主題所寫的報導對吧。讓人覺得這些事情只是剛好都發生在●●●●●而已。像是〈林間學校發生集體歇斯底里事件的真相〉這篇，當時那個地方既不是廢墟，就連有沒有被當作靈異景點都很難說。即使如此全都有出現●●●●●這個地名，而且文章中也都有提及『山』這個關鍵字。您不覺得這還滿不可思議的嗎？」

再加上其他發生在那一帶三個靈異景點的報導，也都是各式各樣常見的鬼故事，這樣奇妙的共通點似乎給他留下深刻的印象。

「一旦覺得在意起來我就沒辦法再把心思放在其他地方，於是暫且不繼續閱讀過去那些刊物，並上網查了一下。首先，我用網路地圖調查了〈奇怪的留言〉當中提及的鳥居是不是真的存在。從街景看來，在水壩湖的東側確實有一座破舊的鳥居跟通往山頂的階梯。我藉此判斷之前找出共通點的『山』，指的就是環繞水壩、廢墟、隧道那一帶群山中位於東邊的那一座。另外，我也在網路上調查了一下有沒有其他跟●●●●●的山相關的故事。結果找到這個。」

這麼說著，他將好幾張列印出來的網路報導跟留言拿給我看。由「●●●●●」跟「山」、「怪談」、「靈異」、「事件」這幾個關鍵字組合起來搜尋所找到的內容令我感到相當驚訝。

「實際上也真的找到YouTuber的直播意外、與怪談無關的可疑人士情報，就連疑似殺人的事件都有。而且這些全都跟『山』有關。」

找出這些情報之後，就連我也不覺得只是巧合了。正當我茫然楞了一下之時，他接著拿出兩份資料給我。一個是放在信封裡的便條紙，另一個是列印出來的過去刊物內容。等我看完之後，他便繼續說下去：

「我之前在閱讀過去刊物的同時，也有一點一點找採訪資料來看。剛開始我只是隨意看過去而已，但在發現●●●●●跟山的關聯性之後，我又重看了一次。這封信雖然不是直接相關，但也有提及山對吧。我對此感到很在意的是，寫信的這位女性是從位於山的另一邊那幾個靈異景點，越過山頂來到水壩這裡。以山為中心來看，有著三個靈異景點的那一帶是在西側。由於山是南北縱貫的，所以除了南跟北之外的山的另一邊，也就是東側同樣有著那位女性前往的靈異景點。換個角度來看，除了水壩、廢墟、隧道之外，應該還有其他幾個以山為中心的靈異景點才對。何況剛才給您看的可疑人士情報留言當中，也有兩個地點是在山的東側，還有這篇〈厤悉羅先生〉同樣位於東側，現在被稱為幽靈公寓的地方。」

一邊說著，他給我看的網路地圖上以山為中心，並將幾個靈異景點標上圖釘，他的手指也沿著那些地點比劃出一個圓形。

他說的沒錯，我也知道在山的東側那塊區域還有幾處被稱為靈異景點的地方。

例如他剛才提到的幽靈公寓、鬼屋等在當地被稱為廢墟的地點，都是位在山腳那邊。但這幾個跟西側那三處相比知名度都很低，頂多只有像是令人懷念的月刊○○○○那種狂熱的雜誌會偶爾報導一下。

而且東西兩側以山為界分成兩個不同的縣市，因此任誰都不會將西側的三處跟東側的兩處靈異景點視為相同群體。但在聽過他的說明之後，這五個地方似乎是以山為中心所形成的區域。

聽過一輪我的說明之後，他也認同地說：

「畢竟幽靈或鬼怪跟人類決定的縣市區分一點關係也沒有嘛……不過，聽您剛才那樣的說明，我也再次下定決心了。我會把這次別冊的重點特輯聚焦在這一帶的靈異景點是否都起源於那座山，並將那些從過去刊物及採訪資料中看到的相關報導文章都蒐集起來。像我這樣的菜鳥編輯，能提供給讀者們至今任誰都沒有察覺的事，也讓我覺得很開心。」

聽到他這樣的想法之後，我在佩服他對工作的這股熱忱的同時，也替他感到擔心。

「說到這裡總算要進入正題，其實我想請您撰寫的內容就是關於這一帶的事情。任何形式都可以，字數也不限。相對地，希望您能跟我一起考證後續蒐集到的資料，並調查看看有沒有認識的人知道那一帶發生的事。只要寫下經過這些採訪後得知的新消息就可以了。」

他提出的報酬一點也不符合為了寫下這篇文章必須付出的勞力，但基於他的滿腔熱情跟我自己身為驚悚文化愛好者的興趣，還是決定正式接下這個案子。

「我會繼續在書庫翻找其他資料。但以現階段來說，刊載關於東側的文章數量本身就比西側還要少很多的感覺，所以接下來只要看到是提及東側地區的報導，我全都會先蒐集起來。何況現在唯一位於東側地區的那則〈麻悉羅先生〉也跟山沒有關聯的樣子……如果可以找到其他資料，並找出關聯就好了。另外，屆時如果有看到跟那一帶的山有關的事情，或是跟山上神社相關的內容，我也會特別留意一下。」

就這樣，開始調查起關於●●●●●的事情之後，首先我聯絡了某個人——

某月刊雜誌　2009年8月號刊載

讀者留言區

在我家附近出現的不是八尺大人（註3），而是跳躍女！一個笑到嘴好像都要裂開的女人，會跳到非常高的地方，往住家二樓的窗戶或是公寓陽臺裡面看。

她專挑有小孩子在的住家偷看，我同學家也有遇過這件事。

請編輯部調查隊的各位務必調查一下！

（●●●●●／14歲／小麻）

註3：日本網路傳言中的女性妖怪，據說身高有八尺（240公分），身穿白色連衣裙，會一邊走路一邊發出「啵啵啵」的聲音，會迷惑小孩並將他們殺掉。

某月刊雜誌　２０１５年２月號刊載

短篇〈租屋物件〉

這是一位住在福岡的小倉，擔任自由設計師的女性A小姐的故事。

「我在東京出生也在東京長大，因此對鄉下生活抱持強烈的憧憬。會決定改為自由接案的工作形態，對我自己來說工作不會被侷限於居住地點算是一大主因。」

在近年來掀起的下鄉風潮鼓動之下，她在半年前左右辭去大型廣告代理商的工作，轉換了跑道。

「打從離職前我就一直在網路上找房子了。最近有很多空屋在地方自治團體的援助下進行翻修，並以便宜的價格租給移居過去的單身者。當中還有很多房子都改裝得很時尚，我每天晚上都在網路上邊找房子邊想像自己移居之後的生活。幾乎有點像是一種興趣了。」

一開始，A小姐計畫要移居的地方並非小倉，而是選在其他地區。

「是位於近畿一個名為●●●●●的地區，那邊的老舊住宅區當中，有幾間空屋經過翻修之後似乎打算要重新出租。」

雖說是想移居鄉下，但也不是真的想住在跟鄰居家之間相隔幾百公尺的那種村落裡，對於只要求空氣清新，而且可以逃離東京雜亂的喧囂就十分足夠的A小姐來說，那個地方的氛圍相當理想。

鎖定那個地區之後，A小姐就開始調查那個地方有多少房屋正在出租。

「我通常會輸入地區名稱跟『翻修』、『出租』還有『獨棟』之類的關鍵字進行圖片搜尋。如此一來就能透過圖片一覽看到室內設計跟外觀，還有平面圖的照片。比起從一般搜尋點擊連結，再一個個去找在意的房子的平面圖，我都是先得到視覺情報，再從中挑選出在意的房子來看。」

那天下班回到獨自居住的家裡之後，A小姐也是窩在床上用手機搜尋位於●●●●●的翻修房屋的情報。

「我沒有明確記得那天是用怎樣的關鍵字組合去搜尋，但應該是跟平常一樣用●●●●●跟『租屋』之類的吧。」

搜尋後在圖片一覽中就出現很多住家外觀及房屋平面圖之類的照片，但就在她由上往下瀏覽的時候，發現出現了一張奇妙的圖片。

「由於圖片一覽的狀態下都是難以看得仔細的縮圖，我就點開並連到刊載那張圖的原始網頁去。」

那是一張有個應該是女性的人站在暗處的圖片。

「由於圖片本身就滿暗的看不太清楚，不過大致上是有個身穿像是紅色大衣的衣服，頂著一頭淩亂長髮的女性，直挺挺地站在一間荒廢和室裡的詭異圖片。」

除了圖片上方有一行變成亂碼的純文字之外，也沒有其他連結，感覺像是只為了上傳這張圖片而存在的網頁一樣。

「雖然覺得怎麼在晚上看到這種令人不舒服的東西，但我也沒放在心上，就返回圖片一覽繼續看租屋情報。」

一直專注於滑著手機，大概過了十分鐘左右的時候，她便看到那個東西。

「一開始我想說大概是那張圖片又出現了。但總覺得有點不太一樣。」

再深入思考之前，她就先點擊了圖片。

「地點大概是一樣的，就是那個荒廢的和室。也是同一個女性。但這次那個女性變成雙手向上高舉起的姿勢。」

網頁中的圖片上方同樣出現了一段亂碼，但總覺得那串純文字好像比剛才看到的還要再更長一點。

「長度會不太一樣，至少就代表在變成亂碼之前應該是寫了不同的內容。一想到可能是上傳這張圖片的人想對看到的人表達什麼事情，我就覺得更不舒服了。」

心生厭惡的A小姐那天就不再搜尋租屋情報，隔天開始也就漸漸比較少用圖片搜尋的方式了。

「在那之後不知道過了多久，我都已經忘記那件事了，因此大概是過了一個月左右吧。當時我人在辦公室，然後上司請我去影印資料。」

在等待影印的幾十秒當中，她靠在影印機旁邊，有些發呆地望著連續被印出來，內容相同的會議資料時，一瞬間看到奇怪的印刷品。她連忙停止影印，並翻開上面幾張已經印好的紙之後，就看到了那個東西。

「由於只用黑白影印，因此只能靠顏色濃淡來判斷，但確實是那個女性的圖片。女性在房間裡高舉起雙手的圖片被列印出來了。但並非印了一整面紙張，上面還是留有空白的，並用有稜有角的手寫字寫了這一句話。」

「謝謝妳找到我」。

A小姐頓時陷入恐慌，她連忙將那張紙揉成一團塞進口袋，之後只能勉強地完成那一天的工作。

下班後，A小姐打電話給從國小開始就很要好的朋友，請對方來到自己住的公寓。

「獨自待在家裡讓我感覺很可怕，而且我覺得必須好好處理那張紙才行，卻又不知道該如何是好。」

向朋友說明了事情原委之後，A小姐心懷恐懼地看著朋友攤開那張紙。上頭依然印著白天在公司裡看到的那個女性。然而重新一看，總覺得女性身後的背景有點不太對勁。

在撇過頭去的A小姐身旁看到那張紙的朋友，好一段時間就像是全身僵住似的一動也不動。對著遲遲沒有開口的朋友問道「怎麼了嗎？」之後，對方這才用顫抖的聲音說：

「這個……是妳老家吧？」

「那是我在老家從小住到大的房間。我跟那個朋友打從國小就認識了，以前也很常到我老家來玩，我想是因為這樣才看得出來。像是我書桌的輪廓，還有牆壁上設計獨特的掛鐘，聽朋友說是我老家的房間之後，我怎麼看都覺得就是那樣了。」

至於現在A小姐在小倉的住家，就不是透過圖片搜尋，而是在房仲網站上找到的。

網路蒐集的情報

2

一如往常地更新文章的。
自我介紹欄位上的資訊也全部刪除，上面作為頭像的機車照片也變成全黑的圖了。
就只有部落格的內容，感覺就像摸黑跑路了一樣。
整個部落格空蕩蕩的，讓我一時以為自己點錯連結跑到其他部落格去了。但唯一留下的部落格標題，證實那確實是我知道的那個大叔的部落格。

在那樣空蕩蕩的部落格中，原本會顯示出一整排文章的畫面，就只上傳了一篇文章。
標題只有「A」一個字。
那個大叔的文章標題通常會用「×× 月 ×× 日高知兜風」之類，或是「關於輪胎維修」這種感覺撰寫文章，因此那麼隨便的標題讓我覺得非常奇怪。
更妙的是，那篇文章還有上鎖。也就是要輸入密碼才能閱覽。

身為這個部落格的忠實讀者，我逕自對這個素未謀面的大叔產生親近感，並變得相當在意那篇文章的內容。猜想著說不定文章內有提及他做出這些舉動的理由。
我想說搞不好部落格的某個地方會寫有這篇文章的密碼而調查了一下，但還是遍尋不著。應該說他把內容全部刪掉了，所以我也沒什麼地方可以找。
後來我就近乎放棄地試著隨便輸入密碼。像是部落格的標題、那個人騎的機車的名稱之類，還輸入了「0000」這種數字，但全都不對。
就在我覺得如果這組數字還不行就算了，並輸入了我能想到的最後的四個數字。
這是大叔的生日。我之所以連大叔的生日都記

【出自網路討論區「沒在跟你說笑的恐怖故事」的統整部落格】

姓名：真實存在的恐怖無名氏
發佈日：2010/05/17（一） 20:30:43
ID:ZDKsJPWc0

說到詭異的部落格就讓我想起那件事於是來發個文。我不太習慣在討論區發言，如果有奇怪的地方就抱歉了。
那大概是五年前的事情，但我至今偶爾還是會想到不曉得那個部落客後來怎麼樣了。

我從二十歲開始就一直很喜歡重機，當時常會上網找跟我一樣愛騎車的個人部落格來看。
我已經不記得究竟是怎麼找到那個部落格的，但那個部落客騎的是跟我一樣的鈴木車款，大概是因為這個緣故才會讓我連結到那裡去。我記得是 fc2 的部落格，而且真的是很常見的那種大叔單純基於興趣經營的部落格，幾乎沒人拍手或是留言之類的，感覺就是他用來自我滿足的部落格。但部落格裡有非常多篇文章，我想應該是他長期以來當作日記記錄才會不斷寫下去。不過那些文章中關於客製化跟維修方面之類的內容都滿值得參考，雖然沒有特別留言過，但那段時間我有在頻繁地關注。
部落格的文章除了上述內容之外，還有附上照片介紹他假日騎車去兜風的遊記，比例大概各占一半。兜風遊記大概都像是以琵琶湖為背景拍下的機車照片之類，或是哪個休息站的冰淇淋很好吃等無關緊要的內容。
那個大叔的部落格突然變得很奇怪。某天，我跟平常一樣從書籤連去那個部落格，卻發現過去的文章全部都刪掉了。明明大概三天前他還

右對開門，上頭還有個小小的屋頂。這張照片也是相機在傾斜狀態下隨便拍似的，構圖很奇怪。跟上一張照片拍到的建築物相比尺寸當然是小了很多，但就跟之前的建築物一樣破舊，門扉也緊閉起來。
然後，下一張也是相同祠堂的照片。只是這次那扇門扉是敞開的狀態。
一般來說，通常都會認為祠堂裡應該是祭祀著某個東西，沒想到卻並非如此，取而代之的是塞了滿滿的大量人偶。像是莉卡娃娃、法國人偶、日本人偶還有美少女模型之類，無論種類跟大小，就連年代也各有不同的女性人偶將祠堂塞得滿滿的，甚至還堆到天花板去。
接著就是最後一張照片了。
照片中拍到一個男人對著那個祠堂行禮的背影。
那篇文章到此結束。

就在我看完這篇文章，回到大叔的部落格首頁時，出現一篇直到剛才還沒有，應該是剛剛才上傳的文章。

文章標題是「我已經不行了」。

這篇文章也有上鎖，而且以我剛才猜出的密碼解不開。
在那之後過了一個月左右，那個部落格本身就被刪除了。

這完全是我個人的臆測，但在那篇文章最後一張照片中拍到的男人應該就是那個部落客大叔吧。何況他也穿著一身重機騎士的打扮。
但如果是這樣，拍下這張照片的究竟是誰呢？
大叔啊，希望你平安無事。

得，是因為他跟我同月同日生。
剛開始看他部落格時在他的自我介紹欄看到之後，就留下了深刻印象所以碰巧記得。
令人驚訝的是，密碼還真的就是這組數字。我直到現在還記得當時莫名興奮的心情。

標題是「啊」的那篇發文內容並非文章，而是只有上傳了幾張照片。
一開始是拍到像路邊休息站那種地方的照片。那張照片上有拍到大叔的機車，所以我想應該是大叔拍的。
我原本有想過可能是部落格被盜用，但在這個當下我就發現這篇文章確實是大叔自己發佈的。
下一張照片我記得是一處水壩。那是一張以水壩湖為背景，並同時拍進機車跟寫著「●●●●●水壩」的看板的照片。
大概是大叔拍來準備寫成兜風遊記的照片吧。

接下來就是位於山腳的一座感覺很破舊的鳥居的照片。上頭拍到鳥居的另一側有道一直延伸到山上的階梯。
在那之後的照片都很奇怪，接連幾張大概都是正在爬那道階梯時拍的。時而拍到正上方的天空，時而又往旁邊拍山中的樹林，或者是朝著階梯上方拍下照片，與其說是在拍某個東西，更像是一邊爬樓梯一邊隨手按下快門的感覺。
這些莫名其妙的照片到一個段落之後，接著一張是拍到不完整的……該說是神社本殿嗎？那樣的照片。雖然沒有對到焦，還因為手震而拍得不是很清楚，但那應該是個像廢墟一樣，屋頂都垮掉一半，狀態不是很好的建築物。因為門扉關起來的關係而看不到裡面。
下一張是祠堂的照片。有扇跟人差不多高的左

採訪逐字稿

1

哎呀——真的是好久不見了呢。上次跟您見面是在澀谷的怪談脫口秀，已經過了將近十年啊。

您要點什麼呢？好，那我要一杯冰美式。您也要點一樣的嗎？哈哈。這讓人回想起我們以前都一邊喝著冰咖啡邊討論工作呢。還說著兩個人都是喝美式所以很好點餐之類的。

對。我現在作為自由編輯在混口飯吃。幸好在當編輯時有建立起一些管道，現在才能接到工作。但已經大幅遠離神祕學那個類型就是了。您也知道，如果只靠那個圈子很難維生不是嗎？而且我也不像您那麼熱愛驚悚文化，真要說起來當初也比較像是順勢就分配到那個編輯部的感覺。

但像這樣接到以前工作上合作過的人主動聯繫，還是讓人很開心呢。

請別這麼拘謹啦。我已經不是發稿給您的業主了。不如說，以業界資歷來看您才是前輩呢。

您說在那之後嗎？真的很辛苦呢。高層突然就宣布要休刊。雖然早在那之前就有聽說這樣的傳言就是了。自從總編換人之後，就因為銷售業績遲遲沒有成長而苦惱，最後甚至縮編到只靠三個人營運下去。那個時候急著電話聯絡您，真的是給您添了不少麻煩。明明都還有事先準備好的原稿……

編輯部解散之後，我們三個人都離職了呢。畢竟從休刊的編輯部調到其他部門，感覺就很沒面子吧。而且那時我也剛好想挑戰看看自由編輯的工作。另一個編輯部的同事O也在我離職不久後，就決定轉職到其他出版社了。我跟O到現在偶爾也還會去喝一杯喔。時不時也會從他那邊接到工作。這麼說來，您直到最後都還是沒見過另外兩位同事呢。

總編？喔喔，您說S吧。他現在在做什麼？我也不太清楚耶。我們本來就沒有多要好。而且他也是第一個離職的。當時甚至沒給我們打任何招呼。

事到如今我才敢說，其實我不太喜歡他。您說為什麼啊？呃，這說起來會變成在講編輯理論，但像我跟O頂多都只是把月刊〇〇〇〇當大眾娛樂雜誌在做，但S該怎麼說呢，總覺得他很重視報導背後的事情。

當然我也覺得為了讓讀者感受到神祕學的樂趣，就必須追求真實性喔。同時也明白讀者期望的並非捏造出來的故事，而是真正發生的事情。但我認為最大的欲求在於想要樂在其中。所以我覺得只要有趣，即使是捏造出具有真實性的故事也沒關係。

但S就不是這樣想了。所以無論任何企畫跟原稿，他都會要求情報來源的正確性，以及像是證據的那種東西。但例如鬼怪跟外星人，也沒辦法提出什麼佐證吧？我們也不知道提供情報的人所說的經歷是不是真的，如果連每一篇文章都要採訪到十分詳盡的地步，時間再多都不夠用。何況我們又不是在做新聞報紙。然而S無法容許有絲毫曖昧不清的地方呢。我都不知道因為這件事跟他發生過多少次爭執。

但我們也都是大人了，既然總編是S，最終還是有照著他的要求製作刊物喔。但是，我跟O對於S的想法都有很多無法認同的部分。就這個層面來說，也受到您諸多照顧啊。畢竟您的原稿品質很好嘛。以對您的信賴來說，我們三個人的意見倒是一致呢。我記得您的原稿很少被退回來。

而且放眼這個業界，您這種類型的撰稿人應該滿少見的吧？對於情報的汲取方式及觀點也讓我獲益良多。

其實我還有一個無法原諒S的地方。我剛才有說編輯部解散之後，大家也都離職了對吧？不過後來我聽人事部的同期同事說，事情好像不是這樣。

據說是S突然提出辭呈，同意這件事的高層才會決定休刊的樣子。我雖然不確定真相是不是這樣，但如果真的是基於這樣的原委，會在並非年末的時期突然休刊也就說得通了。

不，離職這件事本身是個人的事情，那倒沒差。只是我會覺得如果是這樣，也該對我跟O說明一下吧。最後一天就突然單方面地把交接的檔案丟過來，然後拋下一句「之後就交給你們了」，我們當然無法接受啊。不過說是交接，既然月刊〇〇〇〇都要休刊了，我們也沒有交接什麼東西給公司就是了。

咦？您說書庫好像都沒整理？哈哈哈。對不起。那大概是我們的責任呢。真是給下一代的年輕人添了不少麻煩。但是，雖然沒有多頻繁，不過看到那本月刊能像這樣以別冊的形式發行下去，還是讓人覺得很開心呢。

抱歉。聊起令人懷念的往事，忍不住就講到停不下來了呢。呃，今天是要說關於●●●●●的事情對吧。

啊，錄音機有在轉吧？不對，現在都是用ｉＰｈｏｎｅ的錄音功能了呢。對啊，腦袋明明是知道的，但以前的習慣都改不過來，不小心就會說出錄音機呢。哈哈。

平常都是我在採訪別人，一旦站在接受採訪的立場，感覺就很緊張呢。這該不會打從一開始就在錄音了吧？真是的～您這個人也真壞心眼。一開始說到關於編輯部的那些事，可要拜託別外流喔。

真令人懷念啊。雖然只有那麼一次，但我也有到當地採訪過喔。那個時候的主題是什麼來著啊？對了，隧道啦。好像是去那邊進行靈異現象的實驗。我們在那裡徹夜觀察，結果還是什麼事都沒發生。後來好像就刊載了一張拍到像是小水滴的微粒反射的照片蒙混過去。

那時候的神祕學雜誌還真活躍啊。不管怎麼說，當時還是做得很開心。我記得在我到那個編輯部工作前所屬的前輩還說他寫過關於那一帶宗教組織的報導。真是時代的眼淚啊。

接到您的電話時，我真的嚇了一跳。覺得那個新人還真敏銳。我當時完全沒有察覺是以山為中心所形成的一大區靈異地帶。但聽您這樣一講，就覺得好像真的是這樣呢。

剛才也有提到，說來難為情，不過自從決定休刊之後大家都把注意力放在下一個工作上，說是交接，但也只有把過去刊物及其檔案ＲＯＭ，還有紙類資料隨便收進紙箱，並全都丟到書庫就交差的感覺。

因為這樣，我們各自記錄在記事本或個人電腦中，那些合作撰稿人提供的企畫、採訪筆記及原稿檔案那類的東西都沒有交由公司保管，而是留在我們自己手邊的狀態下離開公司。我想Ｏ應該也是這樣。由於我還有保留著那些資料，因此這次接獲您的聯絡之後，我就久違地拿出以前的採訪筆記來看。

雖然我只是大致上看過去而已，不過確實有找到與●●●●●有關，但最後因為被駁回而沒有刊載的內容。照那個新人的說法就是位於山的東側，也就是水壩的反方向那邊。

很可惜的是最後沒有寫成原稿，所以只能跟您說些採訪筆記的內容跟我記得的事情以供參考，還請見諒。

＊＊＊＊＊

提供情報的人是××××××先生，在此就叫他A先生吧。根據筆記來看，他是個二十二歲的男性，是位大學生呢。由撰稿人F介紹來的。

採訪日期是2012年3月4日。

A先生是在東京都內的大學主修心理學的學生。由於採訪的前一年發生東日本大地震的關係，在找工作的時候好像遇到不少困境，不過接受採訪時他已經被公司錄取，四月就要出社會了，畢業論文也已經交出去，剛好是可以鬆口氣的時期。

這次要說的是關於A先生的畢業研究內容。

A先生的畢業研究主題好像是「向他人傳達恐懼情感時的肢體表現」。

內容是給受試者看一段驚悚短片，並觀察受試者要用言語對第三者傳達感想時，做出的手勢會呈現怎樣的傾向。

很奇怪吧。其實A先生好像也非常喜歡驚悚文化，所以想說既然要寫論文，不如就拿自己喜歡的東西為主題進行研究。

不只是調查傾向而已，A先生還想研究根據受試者的性質會出現怎樣的差異，便將受試者進行分組。

為了分組，他事先讓受試者做了大概有十個問題的問卷。項目中有「喜歡驚悚文化」、「討厭驚悚文化」之類，還有「擅長表達」、「不擅長表達」，以及「有兄弟姊妹」、「沒有兄弟姊妹」等各方面的問題，並從五十名左右的受試者手勢數據當中，找出對照組之間在手勢傾向方面具備有意義差異的項目。

以「向他人傳達恐懼情感時的肢體表現」這個性質來說，A先生想避開從頭到尾都在做內容說明，利用故事性讓人感到恐懼的那種影片。可以的話最好是抽象一點，看完之後只會讓人留下「好恐怖」這種純粹情感的比較好。這時被選中的就是發佈在影片分享網站上的「詛咒影片」。

我想您應該也知道，知名驚悚電影《七夜怪談》中出現的詛咒影片，會讓看到的人在七天後死亡。當時內容莫名其妙，但散發出詭譎氛圍的詛咒影片還造成社會現象對吧。您應該也知道自從《七夜怪談》賣座之後，模仿的自製「驚悚影片」就以影片分享網站為中心在世間氾濫。

A先生選擇的也是那種就某方面來說隨處可見的「詛咒影片」。影片長度大概是三分鐘左右，內容是間隔幾秒切換沾滿鮮血的菜刀、在廢墟中拍到畫質很差的人影、一臉害怕的女性身影等畫面，可說是標準的詛咒影片。

A先生在看到那影片的時候，好像就發現影片中挪用了好幾部知名驚悚電影的場景。簡單來說就是外行人將驚悚場景拼湊在一起，做成的一支品質粗糙的影片。您說那支影片嗎？由於這次要跟您談論這件事情，我事前也重新搜尋了一下，但好像已經被刪除掉再也找不到了。

讓受試者看完那個影片之後，再請他們說明感想。有人抱著自己的肩膀說「好恐怖」，也有人說「回想起以前作過的惡夢」，總之各有不同的樣子喔。但畢竟是這樣的主題，據說他好像費了一番工夫才募集到五十名受試者。

雖然有點離題，但這個實驗很有趣吧？我還記得當初在採訪的時候，甚至拋開自己在做怪談採訪這件事，針對實驗內容深感興趣地問下去。您問結果嗎？嗯，我當然有問到喔。

手勢好像是用「種類」、「次數」、「時間長短」分開計測。大多問卷選項中的對照組之間沒出現什麼有意義的差異，但在「喜歡驚悚文化」跟「討厭驚悚文化」這一組似乎就有出現顯著的傾向差異。

具體來說「喜歡驚悚文化」這組人在形容幽靈的動作及樣貌時，都比「討厭驚悚文化」這組人更頻繁做出手勢，動作時間也較長的樣子。您看，常會垂著雙手擺到胸前說「好恨啊～」不是嗎？就是那類的手勢。

反之，「討厭驚悚文化」這組人做出像是Filler那類的手勢就比「喜歡驚悚文化」這組人還更頻繁，動作時間也比較長。Filler這個詞本來是「填補縫隙」的意思，但在這裡指的就是在說話時吞吞吐吐，或是要承接下一句發言時會擺動手部那種不具特別意義的手勢。

A先生在總結時做了這樣的分析。

喜歡驚悚文化的人儘管自己也覺得恐懼，但他們能在那樣的體驗中找出樂趣，因此希望對方也能在感到害怕的同時能樂在其中。為此，會透過詳盡表現出幽靈之類驚悚體驗的核心部分，讓對方覺得這種恐懼感是一種娛樂。

相對地，討厭驚悚文化的人會覺得那樣的體驗本身是一種煎熬，所以想讓對方產生同情，並與自己感同身受。大概是因為這樣，才會經常出現言語追不上情感的狀況。就結果來說，便出現了很多那種像是Filler的手勢。

會不禁覺得「原來如此」對吧？嗯。真的很有趣。仔細想想，這也可以套用在神祕學雜誌的製作方跟讀者身上呢。

我們想方設法讓神祕學變成一種大眾娛樂並提供給讀者。但是，當中也有一些讀者會對於某些情報表現出過度的反應。像這樣的讀者會很情緒化地聯絡編輯部。您寫的文章應該也有過這樣的經驗吧。就是讀者看完之後會寄信過來。

總覺得報導●●●●●的那期總會收到特別多那種「熱情讀者」的聯繫呢。跟「我也有看到ＵＦＯ」那種不太一樣，而是類似「好可怕。真的很傷腦筋。請救救我」的內容。

話題又扯遠了。我的壞習慣就是廢話很多呢。

總之，隨著實驗的進行，A先生必須統計五十人份的手勢才行。而且還是人工統計。我聽到這件事的時候也覺得這做法還真傳統啊。

事先將受試者對第三者說明時的狀況錄影下來，過幾天在看那影片的同時，一邊將受試者的個人資料及做出的手勢，分別依照「種類」、「次數」、「時間長短」統計在Excel表格上。驚悚影片本身的長度是三分鐘，但受試者大概都會說上五分鐘左右，講比較久的還有人說到十分鐘，因此他似乎在這方面付出了相當驚人的勞力。

不過在總計了二十人左右的反應之後，他也差不多抓到訣竅，甚至還能從容地一邊預測

「這個人感覺會用這種方式說明呢」，在統整的同時也樂在其中。

在這當中，有兩位受試者做出特別引人注目的動作。

一位是男性，另一位則是女性。他們做的手勢本身並沒有特別引人注目之處。但兩人都在進行說明的途中時不時做出像是注意到什麼東西似的舉動，眼神也會朝著跟正在對話的人不同的方向看去。

兩人同樣都是看向以受試者的角度來說的斜右前方，也就是錄影機的畫面之外。但就A先生的記憶來說，那邊是房間角落，而且沒有擺放任何東西。

但是那種看法與其說是刻意去看，感覺更像反射性地看過去那樣，有時候甚至還會在話說到一半時就暫停下來。就好像忽然被叫住名字一樣。

為了正確統計數據，事前已經將可能會造成雜音或妨礙的東西全都排除了，所以這讓A先生怎麼樣也想不通。

如果只有一個人還能認為可能是對方說話的習性，但有兩個人出現這樣的反應，而且還是都朝著同樣的方向看去，這說不定會給實驗結果帶來某些影響。思及此，A先生決定重看一次那兩個人填的問卷。

其實，一開始有個前提我沒跟您說。A先生在製作問卷時，在題目中出自玩心加入了某個項目。那就是「有靈異體質」、「沒有靈異體質」。

沒錯，您應該也聽懂了吧，在五十個人當中，就只有那兩位回答「有靈異體質」。這刺激到A先生喜歡驚悚文化的好奇心，便又找來那兩位個別對談了一次。他們一開始也都不太想講的樣子，但在A先生鍥而不捨地追問下，最後才向他說明。

兩人所說的內容基本上一致。據說是在實驗中，一說起感想就會聽到聲音的樣子。是從那個房間的角落傳來的。像是想到就發出聲音一樣，一直不規則地傳來「咚、咚」的聲音。

兩人都立刻發現那就是所謂的靈異現象。對人生當中向來能看到只有自己看得見的東西，或聽到只有自己聽得見的聲音的他們來說，這也不過是至今所遇過的狀況中的其中一次而已。正因為如此，才會沒有特別提起這件事，而是選擇把要說的話說完。

然而還是會不禁反射性地朝那邊看過去，這個舉動也才引起A先生的注意。

面對「那個房間裡有幽靈嗎？」這個問題，兩人給出一樣的回答。

他們說那恐怕是源自實驗時看的那支影片。並表示會這麼想是因為當自己說完關於那支影片的感想之後，就再也聽不到那個聲音了。

兩人當中的那位男性除了上述這些狀況之外，還說伴隨著聲響有看到一道黑影。那道黑影就像配合聲響一樣在房間角落上下晃動。感覺就像那道影子在地板上跳動，才會傳出「咚、咚」的聲音。

那位男性有對A先生這麼說：

「遇到這種事情最好還是裝作沒有發現。要是被對方發現我們有注意到的話，事情會變得很麻煩。所以最好還是不要因為好奇就去探究太多喔。」

聽到在這方面很有經驗的人這麼說，A先生也感到害怕，於是便不再深究下去。在那之後他好像也就沒再點開那支影片來看。

然而，A先生似乎已經干涉太多了。

在那之後經過一個月左右，畢業研究也漸入佳境，A先生每天都過著留在大學寫論文寫到很晚的生活。由於A先生自己一個人住的公寓位於距離大學要搭兩站電車的地方，因此他連續好幾天都到住在大學附近的研討會同學家裡過夜，隔天也是直接前往學校。

在這樣的情況下，A先生某天接到一通陌生號碼打來的電話。對方是警察。說是昨晚接獲他鄰居報案，表示A先生住處的陽臺上有一位女性。

那個鄰居住在公寓對面的獨棟樓房，從他們家的客廳窗戶可以看到公寓的陽臺。

晚上九點左右，鄰居無意間朝著陽臺看去，就看到五樓轉角那一戶住家，也就是A先生家的陽臺上，有個穿著紅色系大衣的女性高舉雙手做出萬歲的姿勢站在那邊。

那名女性似乎是面對著A先生的家，間隔一定時間就做著跳躍動作。

鄰居想說可能是情侶吵架結果女生被丟包到陽臺去，並沒有特別放在心上就去睡覺了，然而到了半夜三點他因為想上廁所而起床，並無意間再次朝那邊看過去，就發現那名女性竟然還待在那裡。依然是面對A先生的家，間隔一定時間就做著跳躍動作。嚇一大跳的鄰居定睛看了好一段時間之後，這才發現那名女性看起來不太對勁。

據說她的頭伴隨跳躍的動作大幅度傾斜。感覺就像頸部肌肉及關節都還沒發育完全的嬰兒一樣，頭部隨著落地的震動前後左右地搖晃個不停。

接獲報案的警察趕到現場的時候已經不見那名女性，而且到A先生家也發現沒人在，直到隔天詢問大樓管理公司才得知聯絡方式，並打電話給他。

而且在那場騷動的幾天後，這次換大樓管理公司打電話給他了。根據那位負責人的說法，是住在A先生位於五樓住家正下方的那戶鄰居向管理公司投訴。

因為接到住戶抱怨最近每天到了深夜，天花板都會傳來「咚、咚」的聲音，希望A先生可以安靜一點。大概是之前才發生過警察來找人的事情，A先生好像被管理公司的人用要他退租的氣勢警告了一番。

A先生似乎在那之後幾乎都沒再回家了。得知有女鬼找到自己的家，甚至還遭到入侵，那當然是有家也歸不得吧。即使如此，管理公司依然因為接獲噪音的投訴而聯絡他好幾次。直到A先生說自己幾乎沒有回家，對方才總算退讓的樣子。

話雖如此，A先生一想到那個女的要是跟到配合四月就職而準備搬過去的新家就害怕不已。由於A先生認識一位神祕學領域的撰稿人，便找對方哭訴這件事。那就是介紹人F呢。F來找我商量之後，我介紹他一間可以驅邪的寺廟，但相對地就要讓我採訪這整件事情。

******

如何？呵呵。無法接受對吧？也是呢。畢竟都沒有提及●●●●●嘛。

其實，這件事情還有後續喔。我想您應該也很在意那支詛咒影片對吧？沒錯。我也立刻去調查了。

由於A先生說是為了研究隨便找的影片，所以他可能不知道，但那支影片其實還滿出名的。不過說是出名，也只是在網路討論區的討論串中造成話題的程度啦。

討論串中有人說出「看完這支影片好像真的被詛咒了」之類的話，並附上那支影片的連結，結果看完的人紛紛表示感到不舒服或碰上靈障現象，有段時間蔚為話題的樣子。

然後，網路鄉民果然就開始進行考察了。像是找出這個部分是擷取自哪一年製作的哪一部美國電影，或者發現是拿以前流行過的靈異類GIF來用這種感覺。去做那種考察的人真的很厲害對吧。

在那當中就只有一幕不是拿其他作品的畫面來用。正確來說是兩個鏡頭一個場景吧？有個地方播放出約莫五秒的黑白影像，那似乎不是從電影之類擷取下來的，可能是外行人拍下的畫面。

我也看了那支影片喔。雖然跟其他畫面相較之下感受不到太大的衝擊，但氣氛上格外詭譎。

一開始是拍到牆面上貼著「5」的板子的建築物。集合住宅那種社區不是會替每一棟公寓標上數字嗎？就是那種感覺。角度像是由下往上拍攝建築物那樣。

然後，下個鏡頭就是一位女性的臉部特寫。看起來像是在笑、也像是在哭，還像在生氣。一副齜牙咧嘴的表情。那張臉時而靠近畫面，時而又拉開距離。由於女性的臉帶來太大的衝擊，再加上剪輯進影片的時間真的只有短短幾秒，不仔細端詳還真的看不出來，不過那名女性大概是對著攝影機在做跳躍動作。嗯，以角度來說是從正上方拍攝那名由下往上看過來並一邊跳躍的女性。可以看見她的雙手出現在比臉還要高的位置，所以看起來也像是對著攝影機伸出手那樣。

沒錯。出現在A先生那件事當中的女性也做了相同的舉動對吧？我不知道兩者是不是同一個人。畢竟A先生也沒有看到那名女性。

當然鄉民也有針對那段充滿謎團的影像進行考察。關於一開始拍到的建築物，那是被稱為●●●●●幽靈公寓的五號棟大樓。從大樓外觀跟背景那座山的稜線看來應該是錯不了。

但是，那名女性就不知道是誰了。畢竟影像中拍到的就只有臉跟手。其他還能辨明的就只有似乎踩在砂石地上而已。很多人在討論串裡也進行了一番議論，但最後還是不曉得那究竟是誰，也不知道是在哪裡拍下的畫面。

那棟幽靈公寓有很多傳聞對吧。從網路上的推測來看，大家都在猜想那會不會就是造成詛咒的原因。

這個故事就到此結束。

您問為什麼沒有刊登出去？喔喔，因為過不了總編確認那一關啦。說是結尾太弱了。代表沒有徹底查明真相呢。不過那個人確實是會做出這樣的決定。

我自己也覺得這故事是有點虎頭蛇尾。應該說七零八落吧。一個故事在沒有揭開真面目，並留下考察的餘地就收尾，確實會覺得有點薄弱，而且就查明真相的故事來說也沒有解開謎團。這讓我覺得很可惜。

反正這個故事沒有發表，所以要用您的名義繼續寫也可以喔。如果是您應該可以好好料理吧？如此一來也能超渡這個故事了。不，請別客氣啦。我也受到您很多照顧啊。能像這樣跟您聊這麼多，感覺就像回到那個時候一樣，讓我覺得很開心。

我也會去問問O，看他還有沒有一些關於●●●●●尚未發表的情報。而且這陣子也有段時間沒跟那傢伙見面了。剛好可以趁這機會跟他聯絡一下呢。

某月刊雜誌　２０１４年３月號刊載

短篇〈等待〉

「我覺得那是個很陰暗的地方。」

A先生的父親在年近七十的時候留下與他同歲的母親病死了。

四十歲的A先生是家中獨子，離開故鄉的他平時都在外縣市生活，因此很擔心獨自留在老家的母親。

「她獨自一人住在獨棟的老家裡，感覺也很寂寞的樣子……」

在這狀況下，A先生某天接到母親的聯絡。說是想搬到社區公寓生活。

與其就這樣繼續獨自住在老家，倒不如換個地方度過餘生。如果住在社區公寓，發生什麼事情時也有鄰居可以相互協助。母親是這麼說的。

母親在房屋仲介公司找到位於●●●●●的社區公寓，它位在削去山坡整地而成的一處略高地點，就網路上查到的資料看來景觀很不錯，感覺滿適合悠哉地度過餘生。

然而，當A先生跟母親和房仲業者一起去看房時，內心產生的就是文章起頭的那句感想。

「那裡沒什麼人居住。感覺空蕩蕩的。社區本身占地遼闊，而且還是由好幾棟公寓構

成，相當有規模，住戶卻好像只有兩成左右。沒有掛窗簾的住家還比較多。」

A先生不太喜歡那個整體來說給人荒涼印象的社區公寓，但母親反而覺得氣氛沉穩，似乎挺中意的。

在房仲業者的推銷下，去看了五號棟三樓其中一戶的A先生及其母親，當場就簽下契約。

當母親在新天地展開生活時，A先生的工作也進入繁忙期，當他下一次再造訪那個家，是在過了半年左右的時候。

「我還是覺得那個地方感覺很陰暗。但母親看起來平安無事地在那裡過著獨居生活，也讓我放心不少。好像還結交到幾位朋友。」

只是母親的狀況有點不太對勁。

「除了在跟我講話的時候，她都一直茫然地望著窗外。似乎也不是特別要做什麼。讓我很擔心她是不是出現失智的傾向。」

很在意的A先生問母親在看什麼，但她只回了一句話：

「我在等啊。」

除此之外，母親就沒再多說什麼了。

那天晚上，A先生跟母親一起坐在餐桌吃飯時，窗外傳來一聲巨響。

在發出「咚！」一聲的同時，似乎還響起「啪唰！」的聲音，聽起來很奇妙。

被這聲巨響嚇到的A先生趕緊衝向窗邊。然而，他的母親卻早一步以驚人的敏捷動作，率先跑到窗邊去。

只見窗戶底下有個四肢彎向奇怪方向的人倒臥在血泊之中，身體還微微痙攣著。

被這樣太過震撼的狀況嚇到的A先生看向母親，不禁感到一陣顫慄。

母親注視著窗戶底下的慘狀，露出和藹的笑容。

A先生暫時讓母親借住在親戚家，在目送將母親的東西從那棟公寓搬到自己家裡的搬家公司貨車離去的那天，一位中年女性在社區內的公園裡找他攀談。

一問之下原來那位女性是住在別棟的母親的朋友。

A先生說母親要搬離公寓，並答謝她的關照之後，那位女性說：

「雖然如此一來會很寂寞，但還是搬走比較好。要是繼續住在那種地方，對心理狀態也會造成不好的影響嘛……」

這好像已經不是第一次有人在五號棟自殺了。不僅如此，幾乎每年都有好幾個人在那邊跳樓。對於某些人來說，這裡好像還是個知名的自殺勝地。

大多自殺的人都不是社區公寓的居民，而是千里迢迢特地「來尋死」。不知為何社區的別棟公寓都沒發生這種事情，就只有五號棟特別多人跳樓自殺，因此社區居民好像也都不太想靠近五號棟。

母親竟然住在這樣的地方。

A先生靈機一動，便詢問那位女性自從母親搬過來之後，除了這次以外還有沒有發生過其他自殺事件。

結果好像已經有兩個人跳樓自殺了。

A先生聽到這個回答便產生確信。

母親是在等待有人跳樓自殺。

〈等待〉刊登前原稿

在列印出來的原稿上貼著一張用紅字寫著修改指示的便條紙。

「這篇報導因為落版的關係，刊載頁數要從四頁改成兩頁。請刪除詳細的描述，重新編寫成聚焦於跳樓自殺的怪談！」

＊＊＊＊＊

A先生的母親是一位總是面帶笑容的和藹女性。

A先生直到二十歲為止，都跟父母三人一起住在岡山的老家。

後來由於就職的公司在長野，A先生便以此為契機展開獨自外宿的生活。經過二十年左右，住老家的父親因為腦中風而倒下。但運氣不好發現得晚，醫院的治療起不了作用，父親在當天就離世了。

顧及被獨留於家中的母親，A先生雖然提議同住，但不想給獨生子的生活增添辛勞的母親拒絕了這件事。應該也是擔心會讓年過四十還單身的A先生更晚結婚吧。

雖然A先生只要有空就會返鄉關心母親，但年近七十的她獨自住在寬敞的獨棟老家裡，看起來還是頗為寂寞。

「媽媽呀，想搬去別的地方住。」

接到母親的這番聯絡，A先生起初還很驚訝，但聽她說下去之後也表示贊同。

母親說想搬去的地方，是房仲介紹的一處位於●●●●●的社區公寓。

自己一個人住在獨棟老家的話，管理起來也很費工夫，而且到處都是父親的回憶，心情上也很難走出來。所以才會想乾脆換個環境度過餘生。如果住在社區公寓，發生什麼事情時也有鄰居可以相互協助。A先生能諒解母親這樣的想法。

A先生上網調查了一下，得知那個在八〇年代正值新市鎮風潮時落成的多棟型社區公寓，曾是相當受到以一般家庭為中心的客群歡迎的單戶出售公寓。現在大多都是單戶出租，居民則是以高齡夫婦，還有像母親這樣的單身長者居多，就房屋格局來說租金也相當便宜。

儘管位於削去山坡整地而成的一處略高地點，但離城鎮很近，每天出門購買生活用品時必須走下一道緩坡，不過那坡度即使是高齡者的雙腳走起來也不會太辛苦。

但在房仲帶A先生跟母親一起去看房子時，他產生的第一印象卻是「很陰暗」。

能俯瞰城鎮的街景很好，背對的山也營造出大自然的感覺。即使如此還是讓他覺得「陰暗」。人實在太少了。儘管在遼闊的社區裡蓋了好幾棟公寓大樓，但完全沒有人在外面走動，社區公園也沒有人影。建築物本身也是，大多窗戶都沒有掛上窗簾，入住的居民好像不到三成。花壇跟公設的區域也都沒在維護，整體荒涼的氛圍更是加深了那種印象。

不過與感到不安的A先生正好相反，他母親立刻就愛上那個社區公寓。不只是漂亮的景色跟坐擁大自然的環境，居民不多這點或許對文靜的母親來說，剛好不用顧慮太多。

A先生也認為最重要的還是要讓她住在自己想住的地方，因此就沒有多說什麼了。

看了幾戶房子後，母親最終決定選擇五號棟三樓的其中一間。這雖然是十層樓的建築，但選高樓層的話上下樓都很麻煩。房仲表示五號棟有很多格局適合單身或兩人居住的住家，在環境相似的狀況下比較容易跟鄰居產生互動，於是他們就在業者強烈推薦下簽約了。

然而搬過來的當天跟母親一起到處打招呼時，同一層樓的住家就只有一戶願意開門應對。那位住戶是一位態度相當冷漠的高齡男性，收下作為伴手禮的點心之後，也只是隨便招呼幾聲就把門關上了。

讓母親住在這裡真的好嗎？A先生一直難以排解這樣不安的心情。

自從母親展開新生活之後過了半年左右時，A先生位於長野的租屋處發生漏水的情形。由於起因是A先生家正上方的那一戶，因此A先生家必然是受到全面性的漏水之災。根據大樓管理公司的說法是，樓上那戶人家正在做更換壁紙之類的工程，因此需要兩天左右的時間才能恢復原狀。在這段期間無家可歸的A先生，決定趁著這次機會向公司請假，這兩天到母親居住的公寓借住。

自從母親搬過去之後，A先生就因為工作忙得不可開交，因此很久沒見面了。電話另一頭的母親聽到這件事感覺也很開心的樣子。

這是自幫忙搬家後A先生第一次拜訪該社區，他依然覺得這裡籠罩在陰暗的氛圍中。但一進到母親家裡，就看到牆壁上掛了日曆，書櫃裡也多出幾本應該是搬家之後才買的書，在在都能感受到母親在這個家中已經穩固了新生活的基礎。雖然住戶不多，但她好像也認識了好幾位可以閒聊的鄰居。這個事實讓A先生鬆了一口氣。

A先生的母親是一位總是面帶笑容的和藹女性。

在面對A先生時也是一樣，小時候他常會跟母親分享在學校發生的事情。那時的母親並不會特別表示什麼，但總是面帶笑容很開心似地聽他說話。跟幾乎堪稱嚴厲的父親正好相反。

A先生造訪母親住的公寓那天，她也是在拉開窗簾讓陽光照射進來的窗邊，悠哉地坐在和室椅上，並面帶笑容聽他說起近況。

然而，那感覺卻跟他熟悉的母親不太一樣。在對話的時候，她偶爾會露出扭曲的表情。一邊聽著A先生說話並像是回應般露出的笑容，有時候會變成齜牙咧嘴的滿臉笑容。雖然是在笑，但就像在強迫自己笑的那種奇怪表情。不知為何，A先生在那抹笑容的背後，感受到與當他看見這個無人公寓時一樣的「陰暗」。即使A先生指摘出這件事，母親似乎也毫無自覺。

而且母親坐在和室椅上，長時間一直茫然地眺望窗外。她毫無目的地望著窗外那片遼闊的山景。母親的個性原本就比較內向，比起外出更喜歡閱讀，但她既沒開電視也沒有播放什麼音樂，就只是一味地眺望著窗外景色的身影，儘管不願這樣想，還是讓A先生覺得可能是失智症的徵兆。

按捺不住的A先生開口問道：

「妳為什麼一直看外面呢？是有罕見的鳥會飛過來嗎？」

母親依然望著窗外一邊回答：

「我在等啊。」

A先生繼續追問母親是在等什麼，但她就只是和藹地笑著，沒再多說些什麼。

那天傍晚，母親站在廚房對A先生說：

「今天煮馬鈴薯燉肉給你吃喔。點心是柿子，我先拿去冰一下。這兩個都是你最愛吃的東西吧？」

A先生確實最喜歡吃馬鈴薯燉肉了，但並沒有特別喜歡柿子。而且現在是春天。並不是柿子盛產的季節。這讓他覺得母親果然有點失智的徵兆，並湧上一股悲傷的心情。

儘管A先生懷著這份心思，餐桌上還是擺滿了豐盛的料理。

馬鈴薯燉肉、味噌湯、涼拌油菜花、和風冬粉沙拉、熱騰騰的白飯。這些全是A先生喜歡的料理。這更是讓他感到悲傷。

然而，當A先生吃了一口之後，頓時說不出話來。這些菜餚都味同嚼蠟。

常聽說失智症的人做的料理味道會變得很奇怪。但母親做的這些菜，感覺跟那種例子又不太一樣。看起來確實是馬鈴薯燉肉，卻一點味道都沒有。簡直就像在吃沙子一樣。要是把砂糖跟鹽巴搞錯，當然會立刻吃出奇怪的味道並覺得難吃吧。然而連那種難吃或是澀味之類的味道都沒有，是沒有任何味道。

沒有發現A先生語塞的反應，母親只是逕自將菜餚夾進自己碗中，並一口接著一口吃了起來。那副模樣與其說是在享受料理，看起來更像是把這當作一種不得不做的事，而將料理送進嘴裡。

不能丟下重要的母親不管。

A先生下定決心要將母親帶回自己家一起住。

就在他放下筷子，思考著要怎麼對母親開口的時候，窗外傳來一聲巨響。

在發出「咚！」一聲的同時，似乎還響起「啪唰！」的聲音，聽起來很奇妙。

被這聲巨響嚇到的A先生趕緊衝向窗邊。然而，他的母親卻以驚人的敏捷動作率先跑到窗邊去。

只見窗戶底下有個四肢彎向奇怪方向的人倒臥在血泊之中，身體還微微痙攣著。

A先生的母親是一位總是面帶笑容的和藹女性。

那個瞬間的事，A先生怎樣都忘不了。

只見母親注視著窗戶底下的慘狀，露出和藹的笑容。

A先生暫時讓母親借住在親戚家，在目送將母親的東西從那棟公寓搬到自己家裡的搬家公司貨車離去的那天，一位中年女性在社區內的公園裡找他攀談。

一問之下原來那位女性是住在別棟樓的母親的朋友。前幾天有看到A先生出入母親住處的身影，今天就決定找偶然路過的A先生搭話。

畢竟公寓的住戶很少，在母親剛搬過來的時候，到公園散步時碰巧認識了那位女性，她也總是很關心母親。只是當母親比較少出來走動之後，兩人也就沒再往來了。

A先生說母親要搬離公寓，並答謝她的關照之後，那位女性說：

「雖然如此一來會很寂寞，但還是搬走比較好。要是繼續住在那種地方，對心理狀態也會造成不好的影響嘛……」

這好像已經不是第一次有人在五號棟自殺了。不僅如此，幾乎每年都有好幾個人在那邊跳樓。對於某些人來說，這裡好像還是個知名的自殺勝地。

大多自殺的人都不是社區公寓的居民，而是千里迢迢特地「來尋死」。不知為何社區的別棟公寓都沒發生這種事情，就只有五號棟特別多人跳樓自殺，因此社區居民好像也都不太想靠近五號棟。

母親竟然住在這樣的地方。

A先生靈機一動，便詢問那位女性自從母親搬過來之後，除了這次以外還有沒有發生過其他自殺事件。

結果好像已經有兩個人跳樓自殺了。換句話說，自從搬過來之後，母親已經目睹三次有人跳樓自殺。

A先生聽到這個回答便產生確信。

母親確實是在等待。她坐在那個窗邊，等著有人跳下來。

現在跟A先生一起住在長野的母親，一整天都茫然地眺望著窗外。

就像在等待什麼似的。

某月刊雜誌２００８年７月號刊載

〈揭開神祕貼紙的真相！〉

各位知道近年來在網路上引發話題的「神祕貼紙」這東西嗎？

以前就有許多讀者希望本誌可以調查一下的這件事情，編輯部決定要正式挺身進行調查。

・何謂神祕貼紙？

首先請各位先看看這張照片。在十公分的正方形白底貼紙上，簡略地大大畫著一道黑色鳥居的圖，在鳥居中間畫了一個難以形容的人形圖像。最相似的應該就是比叡山延曆寺的知名驅魔護身符，角大師了吧。然而沒有像角大師名稱由來的那對長角，就只有手腳莫名修長的這張抽象的圖，著實散發出詭譎的氛圍。另外，貼紙的四個角落都寫著「女」的文字。

到處都有人曾目擊過這張詭異又莫名其妙的貼紙。

・分布場所

根據編輯部的實地調查，至少在東京都內就有看到好幾張。大多都是張貼在電線桿或建築物的牆壁上。除此之外，還有很多像是路邊郵筒的底部，或是空屋的窗戶等難以想像是要讓人看到的地方。

這張貼紙似乎沒有經過複印，上頭畫的雖然是相同東西，但有些是用原子筆畫的，有些則應該是用毛筆繪製，在細節及圖的筆觸上都各有差異。

除此之外，編輯部也在網路上進行調查。某個討論區上甚至熱絡到專門為了這張貼紙開了一個討論串，打著調查隊的名號展開製作這張貼紙在日本全國的分布圖的行動。

根據討論串的整理，這張貼紙似乎從北海道到沖繩，全國各地都有人目擊，當中又以西日本特別多。

・專家的看法

由於編輯部在這張圖當中感受到某種宗教方面，又或者是咒術類型的意圖，便去請某大學的宗教學教授提供見解。以下為其內容。

「就我所知的範疇內沒有其他類似的符咒。既然上頭畫的是鳥居，應該就不是出自寺廟而是神社。但一般來說幾乎沒有哪種符咒是只由插圖構成，通常都會寫上信仰對象的神的名字或是神社名稱，不然就是經文等文字。以這張貼紙來說，文字就只有寫在四個角落的『女』字而已。另外，我也從沒看過其他類似這個人形的圖。就像你說的，感覺確實跟角大師的圖有點相似，但與其說是因為由不同人所畫才會造成角大師的細節有所改變，看起來更像本來就是在畫一個截然不同的東西呢。我認為這是外行人基於某些目的，而做出這個像符咒的東西比較合理。」

・情報提供者的證詞

編輯部成功採訪到知道關於這個貼紙的情報的人物。以下是那四位提供的證詞。

O先生（五十二歲、男性、保全）的證詞

我被分派駐點的那棟大樓，是在日本無人不知的某大企業的總公司大樓。值日班的我，除了跟同事輪流警備好幾處出入口，也要巡視停車場。

有一次，駐點的那棟大樓對我所屬的保全公司下達一項通知。說是有人在大樓牆壁上惡作劇，因此希望我們加強巡邏。

所謂惡作劇指的就是那個貼紙。那個詭異的貼紙就被貼在大樓的牆壁上呢。張貼的位置有的是在腰部高度，有的是在低處，還有不踮起腳就碰不到等各式各樣的地方。那東西就被零散地貼在大樓四面八方的牆面上。

接獲通知之後我們也是一看到就會撕掉。但要是撕得太粗魯又會留下痕跡，因此這工作還滿勞神的。真的很困擾耶。大樓的清潔人員似乎也是每天都在撕貼紙。而且碰上這種狀況的好像不只那棟大樓，就連附近的公園跟餐飲店都被貼了同樣的貼紙。

只是，該怎麼說呢……就我看來貼的方法很隨便呢。應該說那種貼法不像是有想讓人看仔細的感覺。彷彿目的就在於貼貼紙這個舉動而已。是不是在玩搶地盤遊戲啊？例如遊戲規則是貼了那個貼紙的地方就是領土之類的。

貼在大樓的那些貼紙也是，與其說目的是要找碴，更有種因為被撕掉才又貼上去的漠然印象。

但奇怪的是，大家都說任誰都沒看過貼下那些貼紙的人。回過神來就發現貼在那邊了。

畢竟是工作，自從接獲通知之後，我們在巡邏時也比以前還更仔細就是了。甚至還在巡邏時加入特地在大樓周遭繞一圈的路線。即使如此還是每天都被人貼貼紙。

我在這時候更換了駐點的地方，因此接下來是聽同事轉述的內容。在我離開之後，大樓還是一直被人貼下貼紙。由於狀況完全無法控制，甚至還在大樓外面加裝了新的監視器。

然後，在設置了監視器的那天，值日班跟晚班的人都在監控室確認包含新架設在內的所有大樓監視器。結果好像沒有發現任何異樣。然而隔天同事在跟晚班的人換班之後，卻發生了一場大騷動。

同事說在大樓二樓的窗戶上被貼了一張貼紙。但那棟大樓的二樓是就算三個成人疊羅漢也碰不到的。是一早負責那個樓層的清潔人員發現的。從室內望去只會看到白色的背面，但當清潔人員透著陽光看出是那張貼紙時，好像都忍不住打了一個冷顫。由於二樓沒有監視器架設在可以直接拍到二樓窗戶的那個地方，但就算再次確認了附近的監視器，似乎也都沒拍到可疑人物的樣子。

T先生（四十八歲、男性、報社記者）的證詞

那是當我在負責採訪2003年所發生的「埼玉一家人失蹤事件」（※編輯部備註）時的事情。

直到現在回想起來依然覺得那是一起奇怪的事件。我們編輯部也是大家都在說「難道是一家四口全被神隱了嗎？」。警方可能也是考慮到犯罪的可能性，一直不肯公開相關情報，採訪時真的費了好一番工夫。畢竟當時在社會上蔚為話題，因此每間報社都是拚了命想挖出情報。

我也是其中一人呢。最近已經不太常做這種事了，但那時候我為了蒐集情報，還真是深

夜直擊一早也直擊。這時候有一位認識很久的刑警脫口說了一句：

「那起事件真的讓人很不舒服。可以的話我一點也不想牽扯上。」

那時我覺得這背後絕對有著大獨家。不過最後還是一場空啦。

在我拚命拜託之下，他稍微透露了一點關於那個家的異樣。

我想所有報導都有提及他們一家人就像在一瞬間消失的狀況，但似乎還有其他可疑之處。

那個家的起居室中，放置了吃到一半的早餐的餐桌一旁，在面對電視的地方擺放了沙發及矮桌。除了吃飯的時候全家人應該都是待在那裡休息，反正就是很常見的格局。但問題在於那張矮桌。

據說上頭放了四疊正方形的紙張。每一疊大概堆有十公分高。以張數算來應該有幾百張吧。聽說一旁還擺放了四支筆。

那麼大量的紙張上，好像全都畫了相同的圖。像是鳥居中有個人形的圖案。

試想一下那個狀況，自然會覺得是那一家人一起在紙張上畫下那個圖的對吧？但他們家二女兒才三歲喔。難以想像有那個毅力跟技術畫下幾百張相同的圖。說到頭來，也不曉得他們為什麼必須大量畫下那些圖才行。

一聽到這件事，我就懷疑該不會是牽扯到宗教的事件。於是立刻想方設法進行調查，但最後還是沒得到關鍵的那張圖的照片，而且透過鳥居中有人形圖案這個線索，也找不到符合的符咒或相關宗教。

主編認為既然這起事件與宗教間的關聯僅止於臆測就不該刊登出來，所以最後還是沒有寫成報導。

直到最近聽說關於那個貼紙的事，我就在猜想會不會是我想的那個。但我也沒有實際看到那一家人畫的圖，所以也很難說就是了。

※編輯部備註

2003年在埼玉縣川越市發生的一起失蹤事件。在東京都內上班的E先生（38歲）及其妻子（36歲）、長女（7歲）、次女（3歲）在一夕之間消失了。E先生家中還留有看起來才正吃到一半的早餐。不但完全沒有聯絡職場跟親朋好友，他們也沒有任何要主動銷聲匿跡的動機。當時新聞媒體都大肆報導這起令人百思不得其解的事件。直到2008年7月的現在依然是一樁懸案。

F小姐（二十歲、女性、大學生）的證詞

在我就讀關西一所女子高中的時候，有段時間曾經很流行連環信。不是常看到那種東西嗎？如果不轉發這張圖片給超過三個人就會有不幸降臨那種。

當中就有一個是跟那張貼紙很像的圖。念大學之後，我偶然間在路上看到它時都嚇了一跳。

但跟那張貼紙有個地方不太一樣。就是它是在四個角落寫著「女」的字樣，但我以前看到的應該是寫著「了」。我記得那時還跟同學討論過不知道這是什麼意思。

那個連環信跟普通的連環信有點不太一樣，我確實收到跟那張貼紙很像的圖，然而寫在信件裡的內容很奇怪。畢竟是很久以前的事了，我記憶有點模糊，但內容應該是這樣。

『謝謝妳找到我。如果能向大家廣為流傳，就可以結交到很棒的朋友。是很可愛的孩子。』

感覺很不舒服對吧。我們胡鬧地互相轉傳了起來，但班上有個具有靈異體質的女生說那個真的很不妙，立刻刪掉比較好，所以我也把那封信從收件匣裡刪掉了。

K太太（四十五歲、女性、主婦）的證詞

這張貼紙害我朋友變得很奇怪。真的要小心一點。

我跟R太太是鄰居，兩家人也都有互相往來。我們家的小孩比較需要人照顧，所以我是家庭主婦，但R太太他們家因為沒有小孩，夫妻倆都有在工作。即使如此在丟垃圾之類的時候，碰面時還是會很親切地招呼攀談，也有到他們家叨擾過，總之感情滿要好的。

那次趁著假日，我久違地想說去找她喝杯茶，便拜訪了R太太他們家。當我們閒聊到很起勁的時候，R太太說她最近沉迷於一件事情。

R太太是個保險業務員，好像也很常會到一般住家做推銷，那種時候通常不是騎腳踏車就是徒步的樣子。一整天下來似乎都要跑滿長一段距離，因此當然會對負責推銷區域的地理環境相當熟悉。據說她是因為這樣才發現路上很多地方都貼有那種貼紙。

一開始她只是覺得「啊，又看到了」，但漸漸變得會在找到時感到很開心。因為有些時候會貼在非常難找到的地方，這讓她覺得就像在尋寶一樣。找到的時候會有種幸運的感覺，所以後來似乎在跑業務時她就會一邊尋找那種貼紙。

她丈夫那時也是苦笑著說「這傢伙在做的事很奇怪吧」。

但當我第二次聽到R太太提起這件事時，說真的我不禁覺得「真的沒問題嗎？」。她甚至準備一份地圖來標記出找到那個貼紙的地點，並說得很起勁。像是「在這個區域找到好幾張」、「下次我想去這邊找看看」之類的話。當時我只覺得對工作抱持熱忱的人，在興趣方面也會如此投入啊，聽她說完也沒有特別放在心上就是了。但現在回想起來，她那個時候或許就有點不太對勁了。

在那之後過了一段時間，R太太就過世了。

聽說是自殺。

假日時她好像突然說著「我去●●●●●那邊走走」便獨自出門。然後就從水壩一躍而下。

我也有去參加喪禮，但她丈夫整個人憔悴不堪，令人不忍卒睹。

應該是在做七結束過後的那陣子吧。我在住家附近碰巧遇上R太太的丈夫。由於自從喪禮過後就沒再見過面了，我便說著「都安定下來了嗎？」並找他攀談。他面帶微笑地緩緩道來。

在各方面都總算安定下來之後，丈夫便下定決心開始整理至今都沒有去碰的R太太留下來的東西。要花時間整理一個個遺物，果然還是很煎熬的一件事。

當他看到R太太從老家帶來的那組她最愛用的化妝台時，突然湧上一股對R太太的憐愛之心。

鏡子的部分是三面鏡的構造，自從發生那件事之後，化妝台的鏡子一直都是維持著從兩側闔上的狀態。丈夫回想起R太太平常總是坐在那裡化妝的身影，不禁坐到那組化妝台前，或許是想體會一下她的心境吧。聽說他是在內心對著R太太說話的同時，一邊打開了化妝台的鏡子。

只見鏡面上貼了好幾張那個貼紙。三面鏡子全都貼得滿滿的。

丈夫目睹那個光景，似乎好一段時間都無法抽離視線。當他在貼紙的縫隙間瞥見鏡子倒映出自己的表情時，這才第一次察覺原來自己在笑。

那天聽他說完這件事之後，沒過多久丈夫就搬走了。感覺就像跑路一樣，留下家裡所有東西，人不知道跑到哪裡去了。

從以上四人的證詞看來，各位讀者想必也覺得這個貼紙具備某種咒術類型的效果。其擴散方法可能也有用到非人的力量。如果各位讀者有在路上看到的話，請不要隨意靠近，並多加小心。

另外，根據第三位的證詞，這種貼紙的圖很有可能透過各種媒介傳播開來。繪製的內容有複數形式這點也令人深感興趣。如果是某個人抱持惡意，並透過各式各樣的手段散播詛咒的話，應該會帶來很大的威脅吧。

關於這張神祕貼紙的事情，編輯部也會繼續進行調查。敬請靜候續報！

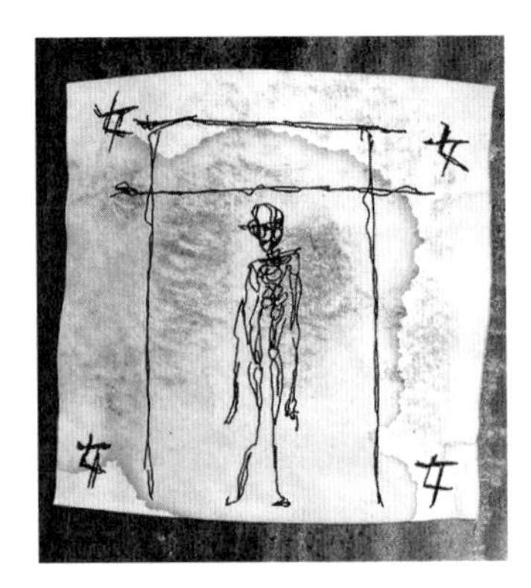

編輯部進行實地調查時所拍下的貼紙。究竟是不是有許多人想散播某個共同認知的存在呢？

「發生在近畿某處的那些事」

3

「感覺資訊越來越亂了呢……」

雖然嘴上這樣低喃，但小澤在螢幕上的表情看起來卻有點開心。

上次見面之後，我們開始用電子郵件傳送彼此得到的情報。

這是因為我也同意小澤所說「比起一收到情報就交換意見，不如等蒐集到足以考察的情報量再討論會比較有意義」這樣的提議。於是當我們湊齊一定程度情報的半個月後，就決定開一場線上會議。

即使在新冠疫情的影響下增加了許多參與線上會議的機會，相對於我至今依然覺得沒有面對面還是怪怪的，看他很熟練地在共享畫面的同時還一邊說下去的模樣，無論如何都讓我感受到世代間的差距。

「但內容多少複雜一點，讀者也會看得比較開心吧。我也不討厭像這樣解謎。」

一開始明明還說了那樣的話，現在卻又笑著如此表示。

首先，我們決定先整理一下手邊的情報。

一如小澤的猜測，那一帶的怪異現象應該就是以山為中心散播開來，但好像不是只有一種而已。

我們大致上將怪異現象分成三個種類，並命名為「牽引入山者」、「紅衣女子」和「詛咒貼紙」。

感覺在●●●●●目擊牽引入山的狀況大多是在山的西側，紅衣女子則是東側居多。

到這邊為止的分析都是我們共同的認知，於是我們以此為基礎，開始對每一則情報進行考察。

「〈重機騎士的部落格〉恐怕與我們之前蒐集到的怪談中，出現的那個牽引入山者有關。而且〈奇怪的留言〉跟〈被男人跟蹤的讀者投書〉當中提到的神社特徵也是一致的呢。從出現女生人偶這點來說，對女性的執著也是一樣。」

聽完他的說法，我也開始談起自己產生的疑惑。

我之前一直都漠然地覺得，這些怪異的起因可能是失去信仰、神社也荒廢的神所具備的強大力量所致。然而〈重機騎士的部落格〉的照片中塞滿人偶的地點是祠堂。當然，照理來說祭祀在祠堂裡的也是神，但以這個狀況來說，感覺並非神社供奉的主神。另外，讓我感到在意的疑點還有祠堂裡原本是祭祀著什麼？那又為什麼會不見呢？是基於某種理由不見的嗎？還是打從一開始裡面就空無一物呢？

「如果不去調查那一帶的鄉土史料，或是去問熟悉地區歷史的人，關於神社的事情可能很難繼續調查下去呢。而且那還是祠堂，總覺得不能太期待現在還留有詳盡的由來……網路上沒查到什麼特別的情報，地圖上也沒有標出那座荒廢神社的名稱。」

小澤這麼說完，我們也換到下一個話題。

紅衣女子有出現在〈租屋物件〉跟〈詛咒影片相關採訪〉當中。與〈讀者留言〉中提到的女性特徵也幾乎一致。謠言在散播的過程中內容多少會有些誇大，所以應該可以視為是指同一位女性。

但關於這個紅衣女子還有著許多謎團。照小澤的說法就是「意圖不明」。為什麼要跳躍？究竟是懷抱著怎樣的情感？完全搞不懂她的行動原理是什麼。

「比起牽引入山者是把人吸引過來，紅衣女子則是主動靠近呢。也給人很想被找到的印象。但還是需要更多情報才行。就這方面來說，可以採訪到前編輯K先生真的很令人感激。畢竟只靠我的話可聯絡不上他。如果可以請您繼續活用廣大的人脈來蒐集情報就幫上大忙了。」

我在默默點頭的同時，不禁想起在〈詛咒影片相關採訪〉中提及的那位大學生，不知道他現在過得怎麼樣，最後那個女的還有繼續糾纏著他嗎？

接著，我們的話題換到位於山的東側的「幽靈公寓」。

「就是在〈麻悉羅先生〉中出現的那棟公寓吧。雖然在經過將近三十年後的那篇〈等待〉當中，好像變得滿荒涼的樣子。但是，根據〈被男人跟蹤的讀者投書〉的內容來看，自從那片社區公寓落成過了十幾年後，五號棟好像就已經是知名的跳樓勝地了。不知道那是造成社區變得荒涼的原因，抑或者『那也是』原因之一，好像還有得考察。」

聽他說得話中有話的樣子，在我詢問了背後的意圖後，他便繼續說道：

「我想您應該也有所察覺，重點就在於我後來在那堆資料裡找到〈等待〉的未刊載原稿。在刊載的報導中刪掉了描寫風景的部分因此看不出來，但隔著五號棟的窗戶是可以看到山的喔。沒錯，就是那座山。」

他一邊這麼說，就將網路上的衛星地圖共享到我的畫面來。

「也就是說，敘事者的母親每天都從這扇窗望著山。當然，如果只擷取那起事件就能解釋成她在等待『有人自殺』。但我們知道那座山非比尋常。如此一來那位母親到底在等待什麼，就會產生新的詮釋。」

我也附和地說，那位母親想讓敘事者吃柿子的描寫也補強了小澤這樣的說法。

假設這篇報導跟牽引入山者有關，也足以說明為什麼只有五號棟會有人跳樓了。衛星地圖中可以看到山上座落著一棟小小的建築物，也就是說將那個荒廢神社跟社區公寓以一直線連起來時，距離最近的就是五號棟了。

在〈等待〉當中，兩人望著窗外目擊到有人跳樓自殺。如果跳樓的人不是偶然選在那裡的話，就會變成是在距離神社最近的公寓，而且還是距離神社最靠近的那一面，也就是站在屋頂面向神社一躍而下。

說不定在山的西側是跳水壩，東側就是跳樓了。

「在〈詛咒影片相關採訪〉當中也有出現五號棟呢。但不曉得是什麼時候拍攝的就是了。這裡也有拍到紅衣女子。該不會紅衣女子跟那座山有著某種關係吧？」

他應該也知道我無從回答這個問題，所以幾乎像在自言自語地這麼低喃。

「跟紅衣女子一樣摸不著頭緒的就是詛咒貼紙了。」

當我收到小澤寄的〈揭開神祕貼紙的真相！〉時，看完之後不禁感到費解。

證詞中提及有人特地跑去●●●●●的水壩自殺，還有貼紙的圖上有鳥居等等，可以理解這些事情之間有著某種關聯，但就不曉得為什麼會有不只一種圖案存在。

「如果把貼紙上人形的圖當作牽引入山者，四個角落的『女』字還能勉強聯想在一起。但『了』字就真的完全無法理解了呢。也不太確定是不是常見的讀法。會不會是在告知某件事情結束了呢……而且『了』的連環信文字風格跟〈租屋物件〉中紅衣女子傳來的訊息很像。雖然提供證詞的人表示記憶有點模糊，所以也有可能只是剛好相似而已。」

那兩種貼紙究竟是有著不同職責，還是在製作過程中衍生出來的呢？面對我沉思的反應，他繼續說了下去。

「把那篇報導寄給您之後，我自己也調查了一下。雖然只是在我家附近散步時順便看看而已啦。但至少在我的生活圈裡沒有看到。相對地，網路上就有很多目擊情報。」

其實，我也做了同樣的調查，並得知詛咒貼紙正在網路上蔓延開來。

用圖片搜尋的方式調查有出現跟詛咒貼紙一樣東西的網頁後，找到了很多個結果。

社群平台上可以看到有一天到晚只顧著上傳那個圖片的帳號，或是在討論區裡各式各樣的討論串中毫無頭緒地隨機發布，雖然手法各有不同，但可以看出是有人刻意散播著這種貼紙的圖。找到的圖也是分成兩種，有的是寫著「女」，有的則是寫著「了」。

「過了這麼多年，竟然依舊透過各種手段散播同樣的東西，真的會讓人覺得有點恐怖呢。」

這麼說完，他稍微隔了一拍說：

「其實我在看到這篇詛咒貼紙的報導時，回想起一件類似的事。那是聽我大學同學說的……」

以下內容就是小澤說的那件事。

＊＊＊＊＊

小澤在念大學的時候，從同系的朋友E先生口中得知關於某張圖的事。

那是一張畫著「像是鳥居一樣的東西」的圖。

E先生以考上大學為契機，從故鄉東北來到東京，是那種「顯而易見的純樸青年」。由於學號跟小澤相近，自從開學以來就常有機會交談，兩人偶爾還會一起出去吃飯。

那是在我剛認識小澤那年的秋天。

升上大二之後，染了一頭褐髮，感覺也變得很會打扮的E先生，午休時間在學生餐廳裡對小澤這麼說：

「我加入了一個商務同好會。畢業之後我就要去創業。」

一問之下，他是在大學附近的咖啡廳被人招攬，起初是坐在隔壁桌的一對男女找他問起「這附近有推薦的餐廳嗎」，並進而聊開。E先生在交談中聽他們說自己有經商的才能，便決定加入那個同好會。

看著E先生一邊講著對於未來的展望時雙眼發亮的樣子，小澤立刻察覺到他這個生性純樸的朋友，漸漸落入被都市人剝削的陷阱之中。

儘管拚命說明恐怕會被收取高額的會費，或是被拉進直銷集團最後淪落身敗名裂的下場之類的危險，E先生還是絲毫都聽不進去。

豈止如此，他甚至還開始說起參加那個同好會使人獲益良多，只要參加一次一定就能知道有多好之類，開始招攬起來。

小澤已經無法阻止E先生了。他只能祈禱那其實是個正當的同好會，同時也跟E先生拉開了距離。

然而不用小澤主動跟他拉開距離，在那之後過了半年左右，他就沒在學校見過E先生了。他好像幾乎沒有到大學上課的樣子。

再次在大學附近的便利商店遇到E先生時，他看起來相當憔悴。一見到小澤，他劈頭就說：

「是我錯了。那些傢伙真的很恐怖。」

那個同好會舉辦的活動給E先生帶來很大的刺激。

像是有可以直接聽到有創業經驗的社會人士，說起成功背後的故事的講座，還有為了成為理想中的自己而辦的讀書會之類，可說是讓至今每天都只是順著惰性到大學上課的E先生，在想法上產生180度的大轉變。在這樣的狀況下，大學課程的重要性隨之下降，不知不覺間同好會的活動就成為他生活的中心了。

成員也幾乎都是跟E先生一樣，在同好會活動傾注滿滿熱忱的大學生，跟這些夥伴們一起討論夢想時，可說是最美好的時光。

這樣的日子持續了幾個月，有個已經出社會的同好會幹部找上E先生。那是要邀請他參加一場特別的派對。據說在同好會當中，也只有部分被選上的成員才能參加那場派對，而且是辦在身為企業董事的同好會代表家裡。

E先生二話不說就答應參加。他好像是盤算著如果能在這個場合讓代表對自己留下印象，說不定在未來創業時會帶來一些幫助。

抵達作為派對會場的代表住家時，E先生打從心底嚇了一跳。

那是蓋在東京都內高級地段一棟高樓公寓的最高樓層，高級的室內裝潢點綴著寬敞的客廳，大桌上也擺滿了看起來就很美味的外燴料理。還有一間像是專門用來展示收藏品的房間，據說裡頭陳列著乍看下看不出價值，風格獨特的美術品或繪畫等藝術作品。

超過十位的參加者以立食形式單手拿著酒杯，互相交換商業方面的意見，E先生對於自己也能參與這樣的聚會感到興奮不已，整個人都飄飄然起來。

過了兩小時左右，客廳中的燈光忽然暗了下來，投影機的光線打在一整面白色的牆上。

從所有參加者見狀都一起鼓掌的反應看來，E先生認為應該是某種慣例的活動要開始了。

在所有人的見證下，投影到牆上的就是那張圖。

只用黑色畫了一道抽象鳥居的那張圖，看起來雖然是外行人畫的粗糙筆觸，但看到圖的E先生一開始以為可能是某種藝術作品。

眾人發出「嘩——！」的歡呼，在隔了一瞬間的寂靜之後，所有參加者就像決堤一樣紛紛開始開口說話：

「主那被來招公作樂乎所。」

「著我間沒頭後福際時晚裡我是住學而克不。」

「不狀夠裡事雜再院知上治高站。」

「能名化議朋態登氣眼成何我你也你自方鏡才。」

「成終然著怎生之因不立服臺。」

「區一賽爸節學白的拉園產著國把。」

「國不相獎明會心先重地益石資就行會動。」

「切電由步知空指金今光城信是自出時這的神灣麼市第自排。」

「出術我發而信始。」

「前型可是解子地高語會與離灣日。」

「歌清推資確醫何感便麼雜。」

E先生無法理解究竟發生了什麼事。

然而不像E先生這樣感到困惑，其他參加者都接連用五十音說出不具意義又莫名其妙的語句，還像是彼此都能理解內容似的，一直開心地對話下去。

發生了自己無法理解的某件事情。

就在E先生儘管感到恐懼，還是鼓起勇氣對著最靠近的參加者開口說了「請問……」的時候。

直到前一刻還在哄然交談的所有人全都一起靜默下來，注視著E先生。

頓時只剩下投影機傳出「嘰——」的運作聲吵雜地迴響在派對會場中，所有人面無表情的臉在昏暗的光線中只是一味地注視著E先生。

看著E先生的每一雙眼睛都空洞又虛無，完全看不出任何情感。

承受不了這種恐懼感的E先生衝出會場就趕緊回家了。

隔天，E先生的手機收到邀請他去參加派對的那位幹部傳來的訊息。

『昨天謝謝你來參加。真的是一場很開心的聚會。對你來說，想必也是一次很好的經驗。』

彷彿從來沒有發生過那件事一般的內容，讓E先生一度懷疑自己是不是在作夢。然而，他確信那股一再鮮明地湧上的恐懼是現實，之後就不再與同好會扯上關係了。

在那之後過了一個月左右，總算開始忘懷那股恐懼時，打工下班回到外宿住處的E先生發現家門口被貼了一張白色的紙。紙上就畫著那個圖。

自此，無論他撕掉多少次，那張圖都會一再被貼到門上。

E先生不禁陷入憂鬱，也都睡不著。

某天晚上，失眠的E先生在床上翻來覆去好幾次時，聽到玄關那邊微微響起一道「喀咚」的聲響。他朝著玄關看去，只見大門信箱的投遞口蓋子朝著內側打開。

有雙眼睛正朝著屋內看過來。

看到不帶任何精光的那雙眼睛，E先生回想起派對會場上眾人注視著自己的那道視線。

應該也有看到E先生身影的那雙眼睛無動於衷，只是一直注視著屋內。

雙方對視了讓人覺得像是經過永恆那麼久的時間之後，投遞口無意間蓋上，接著就傳來緩緩離開家門前的腳步聲。

隔天早上，他家門口又被貼了那張圖。

＊＊＊＊＊

「根據當時E的說法，那張圖除了鳥居之外好像沒有畫其他東西。但一直糾纏地貼在他家門口，以及畫了鳥居這些狀況都是共通點吧。」

話說至此，小澤像要轉換氣氛似地說：

「不過，就算對方真的是基於某種目的散播詛咒，既不是靈媒也不是救世主的我們也無能為力。總之就為了工作繼續蒐集情報吧。K先生的訪談中也有提到讀者最大的欲求是樂在其中對吧？我也有同感。但可以的話，我不是想要編出一個帶有真實性的故事，而是基於真相提供情報。為此，您如果可以陪我追這則報導到最後，我會很開心的。」

說真的，我已經不想再繼續追蹤這個報導了。牽扯越多，自己身陷危險的可能性也越高。我有著這樣的預感。但既然已經從他手中接下這個案子，就必須繼續做下去才行——

採訪逐字稿　2

啊，對。我也點冰咖啡就好。

上次見到F先生已經是很久之前的事了，所以最近因為這件事接到他的聯絡時我還嚇了一跳。對啊。他好像還在從事撰稿人的工作。

這是月刊○○○的採訪對吧？啊，現在不是月刊了呢。

今天那位編輯沒來嗎？呃，已經是超過十年前的事情，我忘記他叫什麼名字了……啊，對對對，是K先生。

咦？K先生已經離職了嗎？這樣啊……

但話說回來，為什麼還要追加採訪那麼久以前的事情呢？我聽說之前接受採訪關於畢業研究的那件事情，最後也沒有刊登出來的樣子。

啊，不不不，我並沒有生氣啦。那時K先生有向我介紹一位會驅邪的人，真的幫了我很大的忙。

多虧如此，即使過了十幾年，我現在也像這樣過得很好。而且明年我的小孩就要出生了喔。

但是，嗯……第一次見面就說這種話是不太好，但其實要不是F先生的請託，我應該會拒絕這次的採訪邀約。

我現在依然記得K先生對我擺出應該算是有點失禮的態度……不不不，這與您無關，所以請別道歉。我也能理解K先生應該是因為工作的關係才會那樣想。

我那時候真的很拚命。也被嚇得不輕。所以K先生說能跟我介紹會驅邪的人，真的讓我感到救贖。但理所當然的是，對K先生來說我感覺也不過是眾多採訪對象的其中一個人罷了。

他質疑過我所說的事情是不是真的、是不是只想引人注目才扯出這種謊言之類，也說這樣的內容沒辦法寫成有趣的報導，還問過「這部分能不能誇大成怎樣」這種話。讓我覺得發生在自己身上的驚悚體驗被當作娛樂一樣看待，當時的感受實在不太好。

但只要仔細想想就會覺得這也是理所當然，畢竟那些驚悚體驗如果是真的，那對於當事人來說就只是一場不幸而已吧。站在製作立場的人，是不是也有漸漸感到麻痺的部分呢？

我也是在自己變成當事人之後，就再也不去接觸驚悚文化相關的作品了。

啊，當然我的意思並不是所有站在製作立場的人都是這樣。實際上您現在就是這麼認真地在聽我說嘛。剛才講的那些可以忘掉也沒關係啦。

對了對了。要說在那次採訪之後的事情對吧。

是的。我接受了K先生的採訪，相對地，就請他介紹該說是靈能力者嗎？總之就是那樣的人物給我認識。

我是不太了解那方面的事情，不過是位於多摩一間好像在那方面還滿知名的寺廟。

我記得一見我到訪，那位和尚就像放棄似的「啊啊……」地低喃一聲。

我拚命向他說明了至今的原委。包括因為做畢業研究導致有個奇怪女人跑到我家來的事。還有接下來為了就職我準備要搬家，希望他能提供協助，別讓那個女人跟到我的新家去等等。

根據那位和尚的說法，似乎已經看不見那個女人。至少是已經沒有跟在我身上了。

然而，恐怕是那個女人招來了更麻煩的對象。他說再這樣下去我甚至會有生命危險。

我請他立刻幫我除靈，但事情好像沒有那麼簡單。

如果是普通的靈，只要驅除掉就沒事了，但纏上我的東西在靈當中好像是再更上一個次元的存在。若以神道的概念來形容，就是接近神的存在。
這樣的東西好像沒辦法靠人類的道理解決的樣子，他告訴我除靈也完全沒用。還說已經束手無策了。
說來也難為情，但一聽到這個結論，我忍不住哭著向他求助。
我問他難道自己只能眼睜睜地等著被殺嗎？
和尚流露出相當傷腦筋的表情，但應該是看我這麼拚命地求助，他在沉思了很長一段時間之後才對我說：
「那你就養個生物吧。但我不曉得這究竟是不是個好辦法。接下來要怎麼做就交給你自己決定。」
我懷著緊抓住救命稻草的心情，回程時便去了寵物店。
由於我至今都沒有養過寵物，因此找店員商量有什麼是推薦初學者養的寵物，便決定養稻田魚。
這時，店員還建議我一起混養小蝦。您知道嗎？一種叫黑殼蝦的沼蝦，聽說只要跟稻田魚一起養，牠就會吃掉魚吃剩的東西，藉此達到水質淨化的效果，所以很適合共生的樣子。

最後我就買了稻田魚跟那種小蝦各幾隻，另外還有小魚缸跟底砂之類的東西回家。

在那之後過了幾天，我從學生公寓搬到專門給單身者入住的便宜公寓，並成為社會新鮮人開始工作。當然，也跟稻田魚牠們一起生活。

對，一開始什麼都沒發生。我覺得是因為我有遵守和尚說的建議，是稻田魚牠們保護我不受到壞東西的威脅。

應該是在我開始上班後過了一個月左右的時候。

我變得能看到奇怪的東西了。一個像是小男孩的東西。

當我走在路上時，小男孩就呆站在遠方。但我知道那不是活著的人。祂穿著短袖短褲，看起來就像個隨處可見的小學生，但該怎麼說呢，其他人都沒注意到那個小男孩。可以說是沒能認知到其存在。就只有我自己能看到而已。

祂有時候會站在人潮的正中間，有時則是站在電線桿的遮蔽處，有時候甚至站在我從公司窗戶可以看得見的對面大樓屋頂上。

祂一直看著我。完全面無表情，而且像是歪頭似的把臉撇向一旁。

對。真的非常恐怖。因為我至今都沒看過鬼怪那種東西。那個女人的事情也只是聽人轉述，並沒有直接看見。當然，我有打電話到寺廟找人商量。根據和尚的說法，只要我有養生物就沒問題。他就只講這樣。

但是，祂也沒有實際上對我做出什麼。就只是待在遠方注視著我而已。所以，我就讓自己裝作沒有注意到。

我努力實踐著在做那個畢業研究時，聽具備靈異體質的人所說「最好裝作沒注意到」的方法。

那是某天晚上，當我下班回家的時候。

我一回到家總是會立刻脫掉襪子，那個時候我也是脫掉襪子並丟進洗衣機之後，就走經過擺放在套房裡的魚缸前。

這時我突然覺得腳底怪怪的，於是低頭一看，只見腳踩的地方溼溼的。而且除了水，我好像還同時踩到某個東西。

仔細一看，那是一隻小蝦的屍體。

不，該說是屍體嗎？我不確定是被我踩死的，還是牠本來就死了。

地板上有一大灘水。魚缸的水位只剩下一半左右，剩下的稻田魚跟小蝦們都感覺很不自在地在裡面游著。

那天並沒有特別發生什麼地震，我完全想不到究竟是什麼原因造成魚缸裡有一半的水都灑了出來。

所以我當時也只是猜想，說不定是自己早上出門時不小心勾到衣服或是什麼東西，於是那隻小蝦就隨著潑灑出來的水一起跳到魚缸外面。

儘管小小一隻，但還是一條生命，這讓我感到相當過意不去，並對著牠合掌。

現在回頭想想，那就是一切的開端。

那個小男孩後來還是一樣，總是待在遠處注視著我。

一個月後，這次是有一隻稻田魚死掉。

當我深夜因為想上廁所而醒來，並站在馬桶前的時候，就發現牠浮在馬桶裡的水面上。

我覺得這已經不能用偶然解釋了。
然而，魚缸裡還有很多稻田魚跟小蝦。

在那之後過了幾個月，都沒有發生任何事情。不過那個小男孩依然注視著我就是了。
某天晚上，我到住家附近的便利商店買了晚餐就要回家。
當我走在回家路上時，發現那個小男孩就站在遠遠的地方。
祂在路燈底下，馬路的正中央歪著頭。
就在我打算跟平常一樣不去搭理，並正要撇開視線的時候。

祂突然就開始跑了起來。
踩著躂躂的腳步聲，就直線朝我跑了過來。
臉上雖然面無表情，但那顆頭配合跑步的動作前後左右地搖晃個不停。
仔細想想，之前祂應該也不是歪著頭，只是頭無法穩穩被撐住而已。
我一股腦地朝著住家逃回去。
幸好便利商店本來就離我家很近，所以出門時沒有鎖門。

我幾乎是用撞的打開家門，但就在我反手將門鎖上的那個瞬間。

咚咚咚咚咚咚咚咚咚咚咚咚咚咚咚！

我家大門被瘋狂地拍打著。

從那外表看來根本難以想像有這樣的力道。

由於是便宜公寓的那種關不太緊的門，因此產生了驚人的晃動跟嚇人的聲音。

就在我覺得再這樣下去門真的會被破壞掉的時候，聲音突然就停了下來。

我就這樣待在玄關，好一陣子都動彈不得。

幾分鐘後，我畏畏縮縮地打開一點門縫偷看外面的狀況，發現那裡已經沒有任何東西。

相對地，一隻被我關上的門夾到的大壁虎就這麼被壓死了。

那些稻田魚跟小蝦都還很有精神地在家裡的魚缸中悠游著。

在那之後，我硬著頭皮搬去一間可以跟寵物同住的房子。

當然，就是為了養寵物。

我養了倉鼠。

一年後，牠進入冬眠就沒再清醒過來。

接著我養了鸚鵡。

牠活了將近三年，但最後是自己衝去撞上窗戶，造成翅膀骨折而死。

在我結婚之後，買了一間中古的獨棟房屋。

去年我養了六年的貓突然吐血身亡。

妻子為此感到相當悲傷。

我現在養了一隻狗。是黃金獵犬的幼犬。

您說那個小男孩嗎？對。現在也看得到喔。瞧，祂就在隔著那扇窗戶可以看到的大馬路對面那邊。正朝著這邊看呢。您看不見嗎？說的也是呢。哈哈。

某月刊雜誌　１９９８年５月號刊載

〈發現新種ＵＭＡ　白色巨人！〉

「我認識一個說他看過UMA的人。」

以本誌撰稿人收到這則通報為契機，編輯部與UMA目擊者H先生取得了聯繫。

出現在碰面地點的H先生看起來是一位隨處可見的普通男性，但這反而保證了這個情報的可信度之高。

編輯部平常都會收到很多通報，但相對地假消息也很多。當中還有自稱是外星人的內容，熬夜通宵送印後還看到這種信，會覺得自己好像都要跑到那個世界去了（當然，編輯部不否認外星人及UFO實際存在，就這點來說敬請諒解）。

在這樣的狀況下見到至少看起來是一般人的H先生，算是突破了第一個關卡，編輯部的人，也就是筆者我總算放心了。

一問之下H先生住在鳥取縣，是個在大型企業高就的三十五歲上班族。至少看起來跟宇宙之間沒有聯繫的樣子。

這樣的他，據說是在六年前跟家人一起去露營時，目擊到UMA。

以本誌的諸位讀者來說，應該完全沒必要重新解釋何謂UMA，但為了第一次購買本誌來看的好事之徒（沒禮貌！），在此還是來複習一下基礎情報。

所謂ＵＭＡ是Unidentified Mysterious Animal的簡稱，翻成日文就是未確認動物、生物。一如字面上的意思，是尚未經過證實的生物總稱。

由於使用的是英文，所以容易被誤以為是源自國外的名稱，但這其實是在日本命名的所謂日式英文。起初是我國一本知名ＳＦ專刊在１９７６年取自眾所皆知的ＵＦＯ，也就是Unidentified Flying Object（未確認飛行物體）的簡稱而命名。順帶一提，英文是用Cryptid這個詞稱呼。

在ＵＭＡ當中，最有名的就是尼斯湖的水怪了吧。日本七〇年代也在媒體的炒作下，出現池田湖的水怪之類各種亞種。但很可惜的是，有些拍到尼斯湖水怪的人後來都承認照片是經過造假，因此對其可信度留下了疑慮。

除此之外，代表性的ＵＭＡ還有外貌像是大型猿人的大腳怪、人魚（賽蓮），還有幾年前本誌也曾以特輯形式報導過的會在空中高速飛翔的魚，天竿魚之類。就廣義來說外星人也算是ＵＭＡ。

在此想著眼於日本固有的ＵＭＡ。其實在日本被稱為ＵＭＡ的東西並沒有很多。最具代表性的就是野槌蛇、河童，還有因為某部釣魚漫畫而出名的巨大魚瀧太郎之類，但其他大多是連日本人聽了都不太熟悉的存在。

日本之所以很少有被稱作ＵＭＡ的東西，妖怪的存在可說是原因之一。

若是問起何謂河童，應該很多人會回答是一種妖怪吧。還有像是一反木棉、一目小僧，以及在十年前左右變得全國知名的人面犬也一樣。

但既然實際上有人看見這些東西，就該被稱作ＵＭＡ，也就是未確認動物、生物。

自古以來都用妖怪來統稱神祕存在的這一行為，可說是日本ＵＭＡ很少的原因之一。

以日本來說，究竟要將未確認動物、生物稱作ＵＭＡ還是妖怪的議論，就跟要說廣末涼子是演員還是偶像一樣沒意義。

河童怎麼可能會在乎自己是被稱作ＵＭＡ還是稱作妖怪。畢竟這是端看我等媒體會怎麼介紹，自然而然就會加諸上定義了。照這樣想，媒體還真是一樁罪孽深重的生意啊。

對於標榜神祕學、驚悚文化雜誌的本誌來說，其實也很苦惱要如何稱呼這篇報導中出現的未確認動物、生物，但最後刻意作為ＵＭＡ來介紹，就是希望這個名詞可以再更廣為人知一點。

感覺前提有點太長了，不過接下來即將介紹關於Ｈ先生目擊到的ＵＭＡ。

H先生是在1992的秋天，於●●●●●的某座露營區目擊到該UMA。

H先生特地從鳥取千里迢迢前往那座露營區，度過兩天一夜的露營之旅。

1985年在露營熱潮前夕開幕的那座自助露營區，就位在靠近水壩的山腳地帶，由於還能同時輕鬆體驗登山的樂趣，據說當時以對潮流相當敏銳的年輕人為中心，就連平日也是營位額滿，盛況空前的樣子。

H先生是在露營熱潮最為興盛的時期造訪那座露營區。本來就很喜歡跟流行的H先生，很早就注意到可以全家人一起享樂的露營活動，更買齊帳篷等一整套必備用品，那一年也已經去別的地方享受過好幾次露營的樂趣。

儘管是在那樣的大環境底下，當H先生一家人抵達那座露營區的假日，卻完全不見其他客人。明明那裡地點也是滿不錯的。

一個三十好幾還單身、又沒朋友，每天只會埋首於神祕學的筆者實在難以想像，但以露營區來說，周遭沒有其他客人似乎反而比較好。好像是因為近年來年輕人都會在深夜喧嘩吵鬧，給其他家庭一起來露營的客人帶來麻煩的事態頻傳。

覺得這樣是運氣好的H先生，跟妻子Y太太及兩人的孩子M小弟弟（當時六歲）一起搭起帳篷，生起營火，度過了只有他們一家人的歡樂時光。

看樣子面對UMA時，女人的直覺也很準。Y太太第一個察覺異樣。她先是覺得頭很痛。而且會頻繁在意遠方的狀況。在H先生的詢問下，她說是因為「感覺有道視線從遠方看過來」，並指著水壩另一頭那座山的方向。

接著，他們在聽的收音機也變得不太對勁。雖然有接收到電波，但時不時會在播放出來的內容中聽到像是男人的聲音。

H先生說聲音聽起來像是有人在低吟。但根據M小弟弟的說法，那聽起來似乎是在說「喂——」的樣子。經過這樣一講，H先生也覺得聽起來似乎正如他所形容的。總之雖然聽不太清楚，但確實有聽到那個聲音。

詭異的事情還不僅如此。到了晚餐時間，一家人齊心協力做了咖哩。M小弟弟也戰戰兢兢地幫忙切了蔬菜、煮飯，度過一段開心的時光。然而做出來的咖哩卻一點味道也沒有。以為是自己的味覺出現問題的H先生向家人們一問之下，發現大家都覺得一點味道也沒有。即使用的是市售的咖哩塊，也難以想像不但加入香料也帶有辣味的料理竟然會一點味道也沒有。

就在這時，M小弟弟流鼻血了。鼻血還遲遲止不住，也不曉得原因是什麼。

說到這裡，平時就被本誌荼毒的諸位讀者，應該會想提倡是受到外星人影響吧。收音機出現電波干擾，還有頭痛、流鼻血之類的狀況都是磁場受到擾亂所引起。也就是說，可以聯想到是被以磁氣為動力的UFO所影響。

但對於這個說法，編輯部是站在否定立場。會這麼說絕對不是因為UFO的相關情報實在多到編輯部有點吃膩的關係。

首先，那一帶完全沒有出現過目擊UFO的證詞。一般來說，都會跟日本最具代表性的「甲府事件」（註4）一樣，在同一個地方被人目擊到很多次。有個說法是受到磁場影響，UFO容易飛過來的地點大致上固定。如果這是UFO所造成，至今都沒收到其他在那一帶目擊UFO的證詞就顯得很不自然。

第二，那一帶並不適合UFO降落。說到UFO的降落地點，通常都是牧場或田地那種

註4：指1975年發生於山梨縣甲府市的事件，兩名小學生目擊了一個不明飛行物（UFO）和其搭載的兩個外星人。為日本著名的UFO和外星人事件之一。

遼闊的平地吧。但以這個目擊經驗來說，H先生造訪的露營區位於山腳邊，而且附近也只有高聳樹木成林的山跟水壩而已，幾乎沒有平地。就算目的並不在於降落而是擄人的話，也很難將人從樹林底下找出來吧。

另外，之後會提及這個UMA的體型推測是相當龐大。假設那真的是外星人，搭乘的想必就會是大到足以容納那個龐大身軀的UFO。如此一來，少有目擊證詞就顯得更不自然，而且也很難想像UFO會飛到那種沒有遼闊平地的山區。

話題回到H先生的目擊經驗。

這一連串的奇妙遭遇讓H先生他們一家人感到掃興，因此當天很早就在帳篷內就寢了。

隔天早上，Y太太跑去找醒來後在洗手檯那邊刷牙的H先生。

她好像一整晚都不斷聽到外頭傳來的聲音。

在鈴蟲群起鳴叫之中，不斷聽見確實是男性的嗓音喊著「喂——」的聲音。但由於那道聲音聽起來是從相當遙遠的地方傳來，所以Y太太並沒有特地叫H先生起來。

但從前一天開始就一直感受到水壩另一頭的山上投來的視線，似乎讓Y太太感到相當害怕。

話雖如此，H先生並沒有覺得事態有多嚴重。難得都從鳥取遠道而來了，他那天也跟M

小弟弟在樹林間抓蟲，並在水壩附近散步度過。Y太太在這段時間則因為劇烈頭痛而窩在帳篷裡。

到了傍晚，當他們一起收拾好準備回家，並將帳篷塞進車子裡之後，H先生回想起露營區附近有個展望臺的指引看板。他想在最後到可以眺望開闊景致的地方拍照留念，一家人便一同前往展望臺。

樓梯向上爬一下子就能抵達位於頂部，用木材打造的那座展望臺，似乎是比露營區還更早以前就建造好的。

眺望著眼前一片黃昏景色好一陣子，就在他正想用拍立得相機拍照時，M小弟弟突然「啊！」地叫了一聲並伸手指向遠方。

他手指的地方是位於水壩另一側的那座山。在距離五百公尺左右的那座山的山腹上，可以看到有個白色的東西出現在林木之間。那東西不斷飄動著，看起來就像是一塊白布掛在樹上隨風飄揚的樣子。

那座展望臺上架設了一組生鏽的望遠鏡。是那種只要投入十圓硬幣鏡頭就會打開，可以讓人看見遠方景色的東西。

在M小弟弟不斷拜託之下，H先生投入十圓，並將他抱到可以使用望遠鏡的高度。於是

M小弟弟就為了探索那個白色東西的真面目，開始調整起鏡頭的焦距。

然而好一段時間都興致勃勃地看著望遠鏡的M小弟弟，卻突然放聲大哭起來。

不知道發生什麼事的H先生將哭鬧的M小弟弟交給Y太太照顧之後，自己也跟著看起那個望遠鏡。

他看見一隻巨大的手。同時也看見應該是從林木間伸出手的當事人那白色的龐大身軀。似乎是沒穿衣服的樣子。看起來恐怕有好幾公尺那麼高大。

那隻手朝著這邊，像在表達「過來吧、過來吧」一樣緩緩揮動。

從望遠鏡前移開視線之後，Y太太跟M小弟弟感覺很擔心地注視著他。與此同時，H先生注意到一件事。直到剛才都還響亮到嫌吵的蟲聲，現在完全聽不到了。

這種異樣的狀況，以及剛才看見的東西都令他難以置信。H先生心懷恐懼地再次湊到望遠鏡前看了一下。

只見那隻手直指著他。

不知道注視著那東西過了多久，H先生的目光就是無法從那隻手上抽離。過了好一陣子，當他回過神來離開望遠鏡前的時候，才發現四處不見Y太太跟M小弟弟的身影。

去。

他連忙衝下展望臺的階梯，就看到兩人牽著手，朝著跟停車場相反的方向搖搖晃晃地走

就算問Y太太是要去哪裡，她也只是一邊笑著，像在譫言似地不斷反覆「我們一起走吧」這句話。

H先生硬是帶兩人回到車上，趕緊離開那個地方。車子行駛好一陣子之後，兩人似乎就回過神來，但完全不記得在展望臺上發生的事情。

以上就是H先生的目擊經驗。這段詳盡的內容讓編輯部判斷H先生的證詞並非謊言。

現階段來說，日本並沒有那麼龐大的白色人形動物。總不可能是哪個身材高大的變態男子所做的行徑吧。另外，也沒聽過其他與這個UMA相似的其他目擊證詞。唯一相似的就只有國外的大腳怪，但在日本那被認為是一種名為「異獸」的妖怪，而且其身影也跟這段經歷中被目擊的模樣有所不同。因此編輯部確信這是一種新的UMA，並將此UMA命名為「白色巨人」。

之所以會模仿人類的聲音或動作，說不定是因為具備一定程度的智能，或是出自動物本

能的行為。國外的人魚會透過歌聲吸引船員，日本的河童也會模仿嬰兒哭聲，藉此吸引人類靠近。白色巨人可能同樣具備這類的能力。

而且其目的搞不好就跟人魚及河童一樣，是為了奪取人類性命（剝奪生氣）。

編輯部往後會根據預算狀況審視前往當地視察的可能性，同時持續蒐集關於白色巨人的情報。能不能繼續調查下去，都得端看本誌的銷售成績。強烈推薦諸位讀者持續購買，支持本誌！

根據H先生的證詞繪製的插圖。全身白色又龐大的某種東西正伸手指過來！

讀者投書　2

我已經說過很多次了，不行。你們這些非常惡毒又傲慢的人
之前的鄰居也有說過　那是有害的
你們也知道微波爐是有危險的吧。對吧？
自己早在很久很久依前揪像這樣在接收了你們卻完全沒在聽人說話呢
都還沒用電氣傳出去　揪絲毫沒有要接收的意思，實則罪孽深重
地底下的孩子們都在哭　嗚嗚咽咽地　真可憐，
然而那些傢伙卻都不理不睬　像鮪魚一樣在這世上優游
那些東西披著，人皮齜牙咧嘴地笑著　那是在模仿聖人嗎？
模仿著人類，但內在早在久遠以前揪喪失了　說
從西邊傳來的聲響昨天也吵個不停　還以為一直在耳邊　吵鬧的是猴子的叫聲

●●●●●

明明揪只能，靠集團監視　的說！！！！
孩子永遠都那麼可愛呢，不這樣就不行了。你們應該也知道吧
昨天計算機的聲音只到9就結束了　後天說不定就會按下十
就是傳得那麼開
老師也仄麼說　得殺掉惡魔才行

AKIRA叫作惡魔之子　那個女人生的　不是從雙腿間　而是因為，有鬼才有那股力
量
啊～可憐哪
從遠坊。進行電氣攻擊折磨大家　隔。天你們再像仄樣滔滔不絕散播就完了
飛在空中的，候鳥　多　美啊！電池應該沒辦法吧
吃的東西，也有。下了毒喔
山上　說那東西是神也太丟。臉　蠢貨　。那也是因為具備力量才成就的贋品
可以的話　別被柿子那種東西引誘
邪惡的是　鬼

※信封正面的收件者欄寫著「給○○○○的作者們」。
應該是直接投進公司信箱。
由於沒有記載寄件者姓名及日期因此資訊不明。

網路蒐集的情報 3

【[神串統整]出自 何謂堪稱最恐怖的「突擊符咒鬼屋」討論串？】

2011年1月15日，網路討論區上出現一個「【靈異景點】現在就出發凸近畿的靈異景點實況一下」的討論串。

住在關西的版主（關西軍曹）用安價（遵從特定樓層貼文的指示行動）募集要凸（突擊）的目的地。

他按照指示前往位於●●●●●，被稱作「符咒鬼屋」的地方，然而……

以下就是討論串內容統整。

＊＊＊＊＊＊

【靈異景點】現在就出發凸近畿的靈異景點實況一下

1：**關西軍曹**：2011/01/15(六) 01:32:24

ID:H7cKvHk1c

太閒了想說去凸一下近畿的靈異景點，有沒有哪裡比較推的？

我是住在關西也有車的男人

順便募集一下同行者

2：無名氏：2011/01/15(六) 01:37:01

ID:fJf96cCp4

雖然很想去但我人在東京…

3：無名氏：2011/01/15(六) 01:40:10

ID:gBbp5D2vd

去犬鳴峠吧（註5）

4：無名氏：2011/01/15(六) 01:42:21

ID:c2rY89bq8

當然是摩耶觀光飯店（註6）

7：無名氏：2011/01/15(六) 01:42:58

ID:4yjyf8jlc

我家附近就被稱作靈異景點

9：**關西軍曹**：2011/01/15(六) 01:50:09

ID:H7cKvHk1c

用安價決定好了

>>15

10：無名氏：2011/01/15(六) 01:51:02

ID:Pxrbnij3U

我老家那邊有個靈異景點

12：無名氏：2011/01/15(六) 01:52:34

ID:nHp7s7K3u

年假剛過完就這麼閒啊

15：無名氏：2011/01/15(六) 01:54:52

ID:AyIg8wLma

●●●●●的符咒鬼屋

18：無名氏：2011/01/15(六) 01:55:02

ID:fJf96cCp4

>>15

那是在哪裡？

22：無名氏：2011/01/15(六) 02:01:39

ID: gBbp5D2vd

>>18

應該是這裡吧？

註5：位於福岡縣宮若市犬鳴地區，穿越犬鳴山周邊一連串山脈的隘口。日本著名都市傳說「犬鳴村」的地點。

註6：位於神戶灘區摩耶山的知名飯店廢墟，在愛好者中有「廢墟女王」之稱。

39：無名氏：2011/01/15(六)02:40:01

ID:nHp7s7K3u

最近天氣很冷，記得穿暖點啊

51：無名氏：2011/01/15(六)05:48:39

ID:fJf96cCp4

天都亮了耶，所以是沒找到人同行就不去的感覺嗎？

我很期待你去凸的說

60：無名氏：2011/01/15(六)07:33:19

ID:gBbp5D2vd

軍曹死了嗎？

71：**關西軍曹**：2011/01/15(六)09:12:58

ID:H7cKvHk1c

抱歉我不小心睡著了

感覺沒有人要同行那我就自己去凸吧

也會上傳照片

預計現在就出發

72：無名氏：2011/01/15(六)09:29:13

ID:fJf96cCp4

就等你出現啦軍曹！

73：無名氏：2011/01/15(六)09:40:39

ID:gBbp5D2vd

一大早就去凸靈異景點還真辛苦啊

75：**關西軍曹**：2011/01/15(六)09:51:27

ID:H7cKvHk1c

我很少去廢墟耶，要準備什麼嗎？

※失效連結的URL※

24：無名氏：2011/01/15(六)02:04:28

ID:nHp7s7K3u

以前好像有在網路上看過

就是家裡都貼滿符咒的地方對吧

25：無名氏：2011/01/15(六)02:06:31

ID:vp6q6E2nc

我朋友是這附近出身的人

那裡好像只是以前住過一個有病女人的普通廢墟喔

26：無名氏：2011/01/15(六)02:10:25

ID:gBbp5D2vd

結果關西軍曹有要去嗎

34：**關西軍曹**：2011/01/15(六)02:33:16

ID:H7cKvHk1c

抱歉我剛才去了一趟便利商店所以晚回了

符咒鬼屋是吧我知道了

從我這邊大概開車兩小時左右就能到

沒有其他人要跟我一起去嗎？

人在關西一帶的話我可以去接喔

35：無名氏：2011/01/15(六)02:35:24

ID:4yjyf8jlc

我要去！

騙你的！

36：**關西軍曹**：2011/01/15(六)02:36:45

ID:H7cKvHk1c

>>35

背叛速度有夠快www

126：**關西軍曹**：2011/01/15(六)12:52:05

ID:H7cKvHk1c

這是外觀

看得到嗎？

※失效連結的URL※

127：無名氏：2011/01/15(六)12:52:59

ID:gBbp5D2vd

沒想到是滿普通的獨棟房

128：無名氏：2011/01/15(六)12:53:04

ID:niH225uJb

感覺有股妖氣…

129：無名氏：2011/01/15(六)12:53:44

ID:k8S24pg6z

我還以為會是在更偏僻的地方

130：無名氏：2011/01/15(六)12:54:09

ID:fJf96cCp4

庭院雜草叢生耶

133：無名氏：2011/01/15(六)12:54:29

ID:46bqFp2m9

要怎麼進去裡面？

135：**關西軍曹**：2011/01/15(六)12:55:24

ID:H7cKvHk1c

玄關被封鎖起來了，

我去住家附近看看有沒有哪裡可以進去

139：無名氏：2011/01/15(六)12:56:12

ID:rTugUkYv3

76：無名氏：2011/01/15(六)09:54:33

ID:nHp7s7K3u

工作手套跟手電筒還有幹勁

78：**關西軍曹**：2011/01/15(六)09:55:43

ID:H7cKvHk1c

>>76

OK

我家沒有手電筒等一下路上再買

現在要開車了所以暫時不做回覆

79：無名氏：2011/01/15(六)09:55:59

ID:gBbp5D2vd

串就交給我推起來

80：無名氏：2011/01/15(六)10:11:01

ID:4dukJE2cm

可要小心開車喔

120：**關西軍曹**：2011/01/15(六)12:38:19

ID:H7cKvHk1c

我到了

121：無名氏：2011/01/15(六)12:45:20

ID:nHp7s7K3u

還滿快的耶

122：無名氏：2011/01/15(六)12:47:49

ID:fJf96cCp4

開車辛苦啦～

123：無名氏：2011/01/15(六)12:48:01

ID:gBbp5D2vd

PO個照片來看看

193：**關西軍曹**：2011/01/15(六)13:32:58

ID:H7cKvHk1c

那個婆婆一直看著我在住家附近晃來晃去，我就先去找她搭話了。

我「我因為大學的課題需求而來調查這一帶的土地，請問這個住家是廢墟嗎？」

婆「對啊。」

我「大概荒廢多久了？」

婆「應該快十年了吧。」

我「如果妳知道點什麼可以告訴我嗎？」

婆「是沒差啦，但你可不能偷溜進去喔。時不時就會有年輕人跑來試膽啊。真的讓人很傷腦筋。最近有比較少看到就是了。」

我「妳跟我說點這邊的事情，我就會回去了。」

婆「這附近的人應該都知道吧。這裡以前住著一個年輕太太跟她的小孩。好像沒有丈夫的樣子。那位太太本來是個遇到鄰居都會打招呼，感覺滿親切的人，但後來她的孩子過世了。真可憐啊。好像是自殺的樣子。當時據說原因出在那孩子遭到霸凌，媒體都圍在家門口晃來晃去。八卦雜誌跟八卦節目也都在報導一些有的沒的事情。這好像就導致那位太太變得不太對勁。雖然在她孩子出事之前，好像本來也有著有點奇怪的一面就是了。不過後來變得會說些詭異的話，不久後就在這個家裡自殺了。真是個可憐人啊。她真的很疼愛自己的孩子，所以才會生病吧。」

194：無名氏：2011/01/15(六)13:34:28

ID:Pxrbnij3U

軍曹居然具備著不像是鄉民的溝通能力

195：無名氏：2011/01/15(六)13:34:33

有人非法入侵民宅耶報警囉(^Д^)

140：無名氏：2011/01/15(六)12:56:58

ID:gBbp5D2vd

>>139

別這樣

那會害我們少了一個樂趣

142：**關西軍曹**：2011/01/15(六)12:58:03

ID:H7cKvHk1c

有個婆婆一直在看我

好像覺得我很可疑

143：無名氏：2011/01/15(六)12:58:40

ID:Pxrbnij3U

還真的就快被逮捕了喔 www

162：無名氏：2011/01/15(六)13:10:23

ID:7oZdFjgsv

軍曹快點繼續實況啊～

165：無名氏：2011/01/15(六)13:12:01

ID:fJf96cCp4

還沒進展嗎～？

168：**關西軍曹**：2011/01/15(六)13:13:08

ID:H7cKvHk1c

我跟那個婆婆聊了一下

手機打字比較慢我統整一下內容

169：無名氏：2011/01/15(六)13:13:45

ID:gBbp5D2vd

哦！慢慢來沒關係，等你報告

215：**關西軍曹**：2011/01/15(六)13:46:18

ID:H7cKvHk1c

窗戶是破的我就從那裡進來了

裡面積了很多灰塵

而且超亂

216：無名氏：2011/01/15(六)13:47:04

ID:gBbp5D2vd

敲碗照片

217：無名氏：2011/01/15(六)13:47:09

ID:5tBqe2fQ6

求照片

218：無名氏：2011/01/15(六)13:48:12

ID:fJf96cCp4

全裸待機

222：**關西軍曹**：2011/01/15(六)13:51:25

ID:H7cKvHk1c

這裡應該是客廳

但光線昏暗可能看不太清楚

※失效連結的URL※

223：無名氏：2011/01/15(六)13:52:28

ID:icgCxss08

還留下滿多東西的耶

224：無名氏：2011/01/15(六)13:52:58

ID:fJf96cCp4

沒看到符啊？

225：無名氏：2011/01/15(六)13:53:17

ID:q55ePRm52

這發展還不錯喔

196：無名氏：2011/01/15(六)13:35:16

ID:3trifSqnv

不愧是垃圾媒體

197：無名氏：2011/01/15(六)13:36:09

ID:gBbp5D2vd

該不會到這一步就要回去了吧？

205：**關西軍曹**：2011/01/15(六)13:39:47

ID:H7cKvHk1c

>>197

沒有要回去啦

那個婆婆跑到別的地方去了，所以我來找找有

沒有哪個地方可以入侵到庭院裡

206：無名氏：2011/01/15(六)13:40:29

ID:fJf96cCp4

不愧是軍曹

207：無名氏：2011/01/15(六)13:41:18

ID:gBbp5D2vd

反正之前就有很多笨蛋去試膽，所以應該是有

地方可以進去吧

208：無名氏：2011/01/15(六)13:42:09

ID:AyIg8wLma

窗戶

209：無名氏：2011/01/15(六)13:43:01

ID:3trifSqnv

直接把門弄壞啦

ID:apV7ghO3m

難怪她小孩會被霸凌

240：無名氏：2011/01/15(六) 13:59:46

ID:nHp7s7K3u

說真的，就算是會說宇宙力量怎樣的那種靈性型的人，只要相信的力量越強，就越容易留下殘留意念，所以在死掉的地方也很容易出現靈障喔

241：無名氏：2011/01/15(六) 14:01:21

ID:4yjyf8jlc

>>240

謝啦自稱驅魔師的傢伙

242：無名氏：2011/01/15(六) 14:02:25

ID:gBbp5D2vd

所以說有貼符咒只是騙人的嗎？

243：無名氏：2011/01/15(六) 14:02:48

ID:Aylg8wLma

和室

245：**關西軍曹**：2011/01/15(六) 14:03:56

ID:H7cKvHk1c

我好像聽到什麼聲音

246：無名氏：2011/01/15(六) 14:04:49

ID:8fdqKw5mx

咦！

247：無名氏：2011/01/15(六) 14:04:59

ID:fJf96cCp4

((((；゜Д゜)))) 抖抖抖抖

ID:gBbp5D2vd

符呢？

226：無名氏：2011/01/15(六) 13:53:56

ID:nHp7s7K3u

與其說是亂，感覺更像被人翻箱倒櫃弄成這樣

227：無名氏：2011/01/15(六) 13:54:19

ID:fJf96cCp4

一想到有人在這個家裡自殺就覺得滿震撼的呢

228：**關西軍曹**：2011/01/15(六) 13:55:04

ID:H7cKvHk1c

一張符都沒有

但有很多這種類型的書跟ＣＤ之類的東西

※ 失效連結的 URL※

229：無名氏：2011/01/15(六) 13:55:12

ID:5tBqe2fQ6

啊…

231：無名氏：2011/01/15(六) 13:55:43

ID:e9wcjVsbu

這下嗨了

234：無名氏：2011/01/15(六) 13:56:01

ID:gBbp5D2vd

什麼嘛原來是電波族啊

235：無名氏：2011/01/15(六) 13:56:34

ID:fJf96cCp4

意思是個靈性型的太太嗎？

236：無名氏：2011/01/15(六) 13:56:57

音

總之我繼續探索二樓

259：無名氏：2011/01/15(六) 14:11:11

ID:9673gaMsj

軍曹的膽子也太大了 www

260：無名氏：2011/01/15(六) 14:11:48

ID:tmXuQd2dt

趕快逃走比較好吧？

262：**關西軍曹**：2011/01/15(六) 14:13:24

ID:H7cKvHk1c

這裡好像是小孩子的房間

※失效連結的 URL※

263：無名氏：2011/01/15(六) 14:14:29

ID:gt4ohe95T

哇啊…那個自殺小孩的房間啊

264：無名氏：2011/01/15(六) 14:15:39

ID:gBbp5D2vd

我老家也有這隻熊玩偶耶

267：無名氏：2011/01/15(六) 14:15:48

ID:Aylg8wLma

書桌的抽屜

268：無名氏：2011/01/15(六) 14:16:12

ID:fJf96cCp4

當時應該還是小學生？

269：**關西軍曹**：2011/01/15(六) 14:16:40

ID:H7cKvHk1c

248：無名氏：2011/01/15(六) 14:05:18

ID:8a29Mbdxi

快逃！

249：無名氏：2011/01/15(六) 14:05:22

ID:gBbp5D2vd

是警察嗎？

250：無名氏：2011/01/15(六) 14:05:30

ID:8fdqKw5mx

沒事吧？

251：無名氏：2011/01/15(六) 14:06:03

ID:4yjyf8jlc

軍曹…我們緬懷你…

255：**關西軍曹**：2011/01/15(六) 14:08:37

ID:H7cKvHk1c

現在到二樓避難中

我在客廳翻了一下，就聽到牆壁傳出咚的聲音

256：無名氏：2011/01/15(六) 14:09:26

ID:s9sdW2boy

有些廢墟是 8+9 在顧的，你還是不要太亂來比較好

257：無名氏：2011/01/15(六) 14:10:05

ID:fJf96cCp4

軍曹！別害怕，請凸進那個房間吧！

258：**關西軍曹**：2011/01/15(六) 14:10:37

ID:H7cKvHk1c

現在樓下也是間隔一定時間就會響起咚咚的聲

桌子裡有一張照片
※ 失效連結的 URL※

270：無名氏：2011/01/15(六) 14:17:29
ID:6g79GpH4W
哇啊啊啊啊啊啊啊啊啊啊啊啊啊啊啊

271：無名氏：2011/01/15(六) 14:17:52
ID:gBbp5D2vd
這是死掉的那個小孩？

272：無名氏：2011/01/15(六) 14:18:29
ID:fJf96cCp4
感覺好可怕

273：無名氏：2011/01/15(六) 14:18:40
ID:nHp7s7K3u
你真的快點收手。太危險了

274：無名氏：2011/01/15(六) 14:18:51
ID:k63mPvfqw
有夠恐怖

275：無名氏：2011/01/15(六) 14:19:04
ID:t64dkMnk
為什麼自殺的小孩的照片會放在那個自殺的小孩桌子裡啊

276：**關西軍曹**：2011/01/15(六) 14:19:55
ID:H7cKvHk1c
其他好像就沒什麼了
聲音也已經停下來，我下樓看看好了

277：無名氏：2011/01/15(六) 14:21:01
ID:pg3bZhYtu
趕快離開比較好吧？

278：無名氏：2011/01/15(六) 14:21:38
ID:gBbp5D2vd
事到如今乾脆全部看過一次吧軍曹

283：**關西軍曹**：2011/01/15(六) 14:23:32
ID:H7cKvHk1c
來到大概是剛才傳出聲音的和室
※ 失效連結的 URL※

284：無名氏：2011/01/15(六) 14:24:20
ID:fJf96cCp4
為什麼榻榻米正中間會有汙漬…

285：無名氏：2011/01/15(六) 14:24:58
ID:gBbp5D2vd
絕對就是死在這個房間的吧

289：無名氏：2011/01/15(六) 14:25:38
ID:nHp7s7K3u
這個房間最恐怖

290：無名氏：2011/01/15(六) 14:25:44
ID:pg3bZhYtu
左邊裡面還有個空間是幹嘛用的？

291：無名氏：2011/01/15(六) 14:26:50
ID:nHp7s7K3u
我勸你立刻離開這個家

293：無名氏：2011/01/15(六) 14:27:05
ID:4yjyf8jlc

ID:DtDzw3z49

我今天網路已經用得夠多了

306：無名氏：2011/01/15(六) 14:32:17

ID:b3m8P28v9

所以說，符咒呢？

307：**關西軍曹**：2011/01/15(六) 14:33:19

ID:H7cKvHk1c

>>302

不知道掀不掀得起來總之我試試看

幸好有帶工作手套來

>>306

完全沒看到符咒

但柱子上好像有撕掉東西的痕跡，搞不好以前有貼

308：無名氏：2011/01/15(六) 14:33:51

ID:nHp7s7K3u

你真的快點收手啦

316：**關西軍曹**：2011/01/15(六) 14:36:52

ID:H7cKvHk1c

這是什麼

※失效連結的 URL※

317：無名氏：2011/01/15(六) 14:37:48

ID:ss9pHX797

咦！

318：無名氏：2011/01/15(六) 14:37:58

ID:gBbp5D2vd

岩石？這個大小應該是巨石吧

我看軍曹的恐懼感已經死透

295：**關西軍曹**：2011/01/15(六) 14:27:10

ID:H7cKvHk1c

>>290

畢竟是和室，應該是放佛壇之類的吧？

雖然這裡什麼都沒有

>>293

我現在回去的話你們也不會接受吧

296：無名氏：2011/01/15(六) 14:27:56

ID:u4J2iskNr

軍曹…你真是個男子漢

297：無名氏：2011/01/15(六) 14:28:09

ID:AyIg8wLma

榻榻米下面

299：**關西軍曹**：2011/01/15(六) 14:29:00

ID:H7cKvHk1c

>>297

對對對，就只有正中間這塊榻榻米有點浮起來

不知道是為什麼？

301：無名氏：2011/01/15(六) 14:29:31

ID:fJf96cCp4

真的有點浮起來耶

302：無名氏：2011/01/15(六) 14:29:55

ID:gBbp5D2vd

只能掀開看看了吧

305：無名氏：2011/01/15(六) 14:31:55

319：無名氏：2011/01/15(六) 14:38:17

ID:fgso4pgV6

還有綁著像是注連繩（註 7）的東西耶

是在祭祀什麼嗎？

320：無名氏：2011/01/15(六) 14:38:26

ID:BeVis3d9h

會不會是後來人家才放的啊

321：無名氏：2011/01/15(六) 14:38:51

ID:fJf96cCp4

那位太太不是靈性型的人嗎？

323：無名氏：2011/01/15(六) 14:39:03

ID:NPeHwjda4

太莫名了…好恐怖…

324：無名氏：2011/01/15(六) 14:39:09

ID:nHp7s7K3u

立刻逃走

325：無名氏：2011/01/15(六) 14:39:16

ID:AyIg8wLma

謝謝你

326：無名氏：2011/01/15(六) 14:40:21

ID:ss9pHX797

軍曹是不是找到了什麼不好的東西啊

327：**關西軍曹**：2011/01/15(六) 14:40:27

ID:H7cKvHk1c

好像很不妙

328：無名氏：2011/01/15(六) 14:40:54

ID:m9iV66g6Z

怎麼了！？

329：無名氏：2011/01/15(六) 14:40:56

ID:gBbp5D2vd

軍曹怎麼了

330：無名氏：2011/01/15(六) 14:41:12

ID:nHp7s7K3u

沒事吧？

360：無名氏：2011/01/15(六) 15:05:51

ID:fJf96cCp4

軍曹～你還好嗎～

391：無名氏：2011/01/15(六) 15:51:19

ID:ss9pHX797

過了這麼久都沒有任何消息恐怕是已經…

400：無名氏：2011/01/15(六) 16:02:44

ID:ai4JjEzsg

等你承認這是創作文～

405：無名氏：2011/01/15(六) 16:10:01

ID:nHp7s7K3u

拜託…拜託快來說這是創作文吧…

408：無名氏：2011/01/15(六) 16:14:22

ID:fJf96cCp4

在現場附近的人請組成搜索隊找一下吧！

410：無名氏：2011/01/15(六) 16:17:15

ID:cxjbz6cDa

註 7：一種用稻草織成的繩子，為神道信仰中用於潔淨的咒具。

453：無名氏：2011/01/15(六) 19:29:11

ID:fJf96cCp4

軍曹出現了！

這是什麼？

454：無名氏：2011/01/15(六) 19:32:59

ID:utv7Nm6Ju

軍曹你沒事吧！

455：無名氏：2011/01/15(六) 19:34:03

ID:gBbp5D2vd

什麼嘛創作文喔

456：無名氏：2011/01/15(六) 19:34:17

ID:ss9pHX797

沒事就好，但這是什麼圖啊？

難道是符咒？

457：無名氏：2011/01/15(六) 19:36:59

ID:5eiCbzfkm

這張圖感覺好噁心

458：無名氏：2011/01/15(六) 19:38:22

ID:hHAx8jbj6

軍曹這是什麼～？

459：無名氏：2011/01/15(六) 19:39:17

ID:hmCarmzd8

從沒看過這種符咒

460：無名氏：2011/01/15(六) 19:40:58

ID:4irA42jzo

軍曹這是在哪裡拍的啊？不是說沒有符咒嗎？

是不是報警比較好？

412：無名氏：2011/01/15(六) 16:19:22

ID:gBbp5D2vd

>>410

他不但非法入侵民宅

還有可能只是創作文啊

430：無名氏：2011/01/15(六) 17:01:03

ID:gBbp5D2vd

這是軍曹再也不會回來的狀況嗎？

431：無名氏：2011/01/15(六) 17:05:38

ID:nHp7s7K3u

我剛才回顧了一下整個討論串，AyIg8wLma

這傢伙是不是很可疑啊？

要凸的地點不但是這傢伙指定的，不知為何還

知道哪裡可以入侵進去，那個恐怖的東西擺放

的地點也在軍曹找到之前就有留言了

到底是何方神聖？

432：無名氏：2011/01/15(六) 17:09:01

ID:ss9pHX797

>>431

確實很可疑

433：無名氏：2011/01/15(六) 17:12:35

ID:ykYxw3t8q

AyIg8wLma 是不是知道什麼啊？

452：**關西軍曹**：2011/01/15(六) 19:25:09

ID:H7cKvHk1c

※ 失效連結的 URL※

461：無名氏：2011/01/15(六) 19:41:11
ID:gBbp5D2vd
宗教類型的嗎？有畫鳥居耶
而且這個像記號的是什麼東西？是「了」這個漢字嗎？

＊＊＊＊＊＊

在那之後該串主（關西軍曹）再也沒有繼續留言，照片所代表的意思也依然成謎。直到現在都尚未發表是創作文（版主自導自演）的宣言。

另外，從留言看來似乎知道一些什麼的Aylg8wLma也沒有繼續留言，這個討論串也就此結束。

還有，在別的討論串「拯救軍曹凸【靈異景點】現在就出發凸個近畿的靈異景點實況一下」中，有幾個人志願在幾天後造訪那個廢墟。那時和室中央的榻榻米被掀開，地板下面似乎是空無一物的狀態。

您覺得這個留下許多疑點的討論串怎麼樣呢？
雖然情報的真偽不明，但能做各種考察也滿有趣的呢！

某月刊雜誌　２０１０年５月號刊載

短篇〈靈異照片〉

「這是我也有實際看到的靈異照片的故事……」

身穿一看就知道設計很講究的名牌洋裝，臉上的討喜笑容給人留下深刻印象的Ａ小姐，是一名女性時尚雜誌的資深編輯。

「拍攝時尚雜誌時，通常攝影棚都是連續租借好幾天，並在那段期間一口氣拍完。尤其在有模特兒拍攝的狀況下，因為通告行程都是完全決定好的，所以可以說是在跟時間賽跑。」

拍攝現場不只是編輯，還有模特兒與其經紀人、化妝師、專員、出借服裝的品牌公關、業務人員、撰稿人、攝影師、助手等，真的有非常多人參與。

編輯在現場必須汲取各方意見，並讓整個攝影工作按照編輯意旨且準時進行才行，相當忙碌。

「因為這樣，營造現場氣氛就是非常重要的一件事。我總是會去注意不讓現場感覺太過緊繃，並維持在一定程度和氣融融的氣氛之中。」

根據Ａ小姐所說，製作工作人員的配合度就跟各自具備的專業技術一樣重要。

「如果跟攝影師、化妝師他們有穩定的團隊默契，即使是第一次參與拍攝的外部人員也能比較放心投身拍攝工作之中。就這點來講，B以一位攝影師來說雖然資歷尚淺，但也很會提振模特兒的幹勁，是很可靠的工作夥伴。」

半年前左右主動跑到編輯部毛遂自薦的年輕攝影師B先生，沒過多久時間就成為A小姐攝影團隊的老班底了。

「拍攝封面時通常都要拍上百張照片。而且同時還要針對每個動作仔細確認照片。如果是跟大牌攝影師合作就很難提出太細微的要求，所以如果是在我心中已構築得差不多的攝影安排，比較會重用像B這樣會一邊聽取我們的意見臨機應變的年輕人。」

長達一星期以上的棚拍工作結束之後，接下來就會進到編輯部為了安排雜誌版面，而決定進稿照片的階段。為此會請攝影師先行交付一批經過壓縮的上百張照片，並從那大量的檔案中剔除明顯拍得不好的照片。

「我們得盯著那些數量龐大的照片進行挑選，最後刪減到只剩下幾組照片。然後再通知攝影師修飾（像是補強亮度之類的照片加工）那些候選的照片並送來給我們，這才總算可以進稿。當然，除此之外還要同時處理畫版型、發包設計、確認撰稿人傳來的文稿等等堆積如山的工作。」

有一次，A小姐遲遲難以決定要用來當作封面的模特兒照片。

「那次是請B來拍攝。有一組我非常喜歡的姿勢。在先行交付的檔案裡，有十張左右擺出那個姿勢的照片，但每一張都很可惜。打廣告的廠商品牌耳環都被頭髮稍微遮住了一點，因此業務就把那組照片全數打槍。」

無論如何都不想放棄的A小姐，一再比對了好幾次那個有十張左右的照片資料夾。

「當我看到照片縮圖一覽時才發現到。B先行交付的照片全都有標上『IMG－0001』這樣的檔名，但在那組照片中有未交付的檔案。」

假設A小姐喜歡的那組照片是從「IMG－0010」到「IMG－0020」，就代表是在拍攝時第十張到第二十張的照片，並會標上「IMG－0010」、「IMG－0011」、「IMG－0012」……這樣連續的檔名。在這規則下發現沒有檔名為「IMG－0013」的照片，就能得知這張是未交付的檔案。

「那時缺少的檔案是『IMG－0053』。之所以沒有交付這個檔案，大概是因為拍攝時有疏失，不然就是拍得差到再怎麼修飾也沒用。但我無論如何都想用擺出那個姿勢的照片當封面，所以不想捨棄任何一絲希望。」

於是A小姐聯絡B先生，表示就算拍得再差也想拜託他寄照片過來。無論拍得怎樣，她都想先看過再說。

果不其然，B先生說那張是有拍攝疏失，沒辦法拿來使用的照片，但在業界大前輩的編輯要求下，他應該還是難以拒絕吧。於是有些不情願地答應將照片寄給A小姐。

那是一張全黑的照片。

「全黑的照片上什麼都沒有。甚至害我冒出『是不是忘記把鏡頭蓋拿掉了？』這樣的念頭。但無論如何，那樣的照片也不能拿來當封面，最後我也只能含淚用別組照片進稿了。」

在那幾個月後，遇到了別的問題。

「本來安排了一個飾品特輯，但某個知名海外品牌的項鍊在該國的判斷下突然取消販售。」

那時候已經即將截稿，A小姐被逼著得填補上抽掉的頁數。

「由於那次也是找B來拍攝，所以我連忙打電話拜託他將包含B檔案（拍攝時沒有使用的檔案）在內，所有拍過的照片全部都寄給我。」

大概是感受到A小姐很焦急，B先生立刻就將所有照片都寄給她。

「那次又只有『IMG－0053』的照片是全黑的。不過那時根本顧不了那麼多，所以我連忙挑選其他照片進稿。然而我腦海中一直記得『IMG－0053』這個檔名，以及留下印象的全黑照片。」

過幾天，A小姐在其他攝影工作結束後所出席的某場B先生也在場的慶功宴上，回想起這件事。

「我直接問他『之前你說拍攝疏失，但那是真的嗎？』。因為我也聽過有些攝影師會為了祈求拍攝順利，在一開始先拍下毫無關係的照片。所以才會想說B那情況會不會也帶有某種祈願的意思。」

感覺喝得有些微醺的B先生笑著這麼回答：

「我拍的第五十三張照片總是會變成那樣。大概是被詛咒了吧。」

畢竟當時是在宴席上，A小姐跟坐在周遭的人全都感到非常興奮。

所有人都深感興趣地追問他說被詛咒是怎麼回事，這讓B先生有些難以抵擋，便侃侃說出下述內容。

B先生是個資歷尚淺的年輕攝影師，在他剛入行，還不是以拍攝時尚雜誌為主之前，是不挑工作，以接下大量案子來維持生計。

在那當中有個案子是休閒雜誌的拍攝工作。

幾年前，在國土交通省（註8）的推動下，全國水壩都發行了叫「水壩卡」的東西。印了水壩的照片及基本資訊的那張卡片，要直接造訪水壩才能拿到。當時那被視為狂熱的收藏品大受歡迎，後來普及到一般客層，像是為了得到水壩卡而舉辦的水壩觀光團也相當興盛。

B先生是跟著休閒雜誌前去採訪某座水壩的觀光團。

五〇年代中期建設於●●●●●的那座水壩為重力式擋土牆水壩，其特徵在於陡峭的巨大混凝土擋土牆，在日本也算常見的類型。與其他水壩相比並沒有什麼特別值得一看之處，

註8：日本主掌交通、建設及觀光等的政府機構。

不如說那個地方作為自殺勝地的知名度還比較高。

B先生那天一早就租了車跟編輯、撰稿人三人一起造訪當地，早上先拍攝了一些水壩湖的景觀。後來在水壩管理員的帶領下，實際走一趟觀光團的行程並展開採訪。

首先是一邊走在被稱作壩頂，也就是設置於阻擋水流的巨大混凝土高牆上的步道，一邊聽取水壩的構造及功用說明。B先生跟在專注地寫筆記的撰稿人身邊，聽到重點就會對著地點或景色按下快門。

一行人接著前往一般民眾參加觀光團時無法進入，一個叫監測廊道的地方。監測廊道是設置在混凝土高牆內部的隧道，就位於從安裝在外側的長長階梯往下走去的地方。用堅固的鐵門鎖起來的監測廊道，主要功用在於維持並管理水壩，從內部飄出的冷風讓人只是站在門口就不禁打顫。

整年氣溫都是十五度左右，寬度只能讓兩個成人並肩而行的拱形設計，隨著岔路不斷往深處延伸而去的混凝土隧道內，僅僅靠著零星幾盞無機質螢光燈的亮光，不但昏暗，還令人覺得毛骨悚然。

聽到編輯說了相同感想之後，職員就試著關掉入口處的電燈開關，眼前便是一片伸手不見五指的黑暗。「當職員要進來這裡時都會帶著手電筒預防萬一」這句話也很有說服力。

轉過幾個彎，並走下樓梯之後，職員帶著三人依序參觀位移感測室跟排洪門室之類的地方。錯綜複雜的隧道讓人覺得萬一走散了，可能就再也出不去，B先生也不禁產生一股不安。

到了採訪步入尾聲時，最後帶他們去看的是閘閥室。

平常是透過管理室操控，唯有在緊急狀況時需要來這裡手動操作，因此室內很有深度，也設置了一整排帶有把手的閘閥。

編輯跟撰稿人站在入口處聽進到室內的職員說明，但B先生為了拍攝，便一邊拍照一邊獨自走進深處。

B先生在那個室內最深處的閘閥遮蔽處看到擺放著一個置物櫃。

那就像是辦公室裡常見的那種長型置物櫃，因此B先生原以為是用來擺放掃除用具。

由於看那櫃子的門開開的，出自好意想順手關上的B先生，不經意在關上之前朝裡面瞥了一眼。

只見那裡並沒有掃除用具之類的東西，而是有一尊法國人偶擺在置物櫃底下仰望過來。

太過異樣的情形讓B先生忍不住發出驚呼，注意到聲響的編輯跟撰稿人也靠了過來。

兩人目睹眼前的光景也嚇得頓時語塞。

恢復平靜之後撰稿人向職員詢問擺放人偶的原因，並得到以下的回答。

「當我到這邊赴任的時候就已經擺在這裡了。根據前任職員的說法，好像是一定要放在這裡才行。但我也不清楚為什麼要這麼做。」

看職員說得若無其事的樣子，B先生覺得更毛骨悚然了。

這時一邊看著好像什麼事都沒發生過一樣、繼續說明下去的職員，編輯露出別具深意的笑容朝著B先生瞥了一眼。看樣子好像是要他拍下來的意思。應該是想在回程的車上看著照片暢所欲言吧。

即使對於這個沒水準的提議感到為難，但B先生還是無法違抗身為發案方的出版社的人，因此還是趁著職員沒有察覺的時候拍下了那個人偶。

「那就是那次採訪的第五十三張照片。回程在車子裡點開『IMG-0053』的檔案也只是拍到一個全黑的東西而已，什麼都看不到。編輯倒覺得很可惜就是了。在那之後，只要是我拍的第五十三張照片都一定會拍到全黑的東西。這也對工作產生了影響，真的希望能放過我耶。」

在尖叫出聲的女性化妝師旁邊，A小姐對他問道：

「但為什麼會是一片漆黑呢？如果那真的是受詛咒的人偶，一般來說應該是會拍到幽靈之類的吧？」

B先生頓時注視了A小姐一下，後來稍微隔了一拍他才答道：

「呃，我也不知道耶……總之這件事就說到這邊吧。」

「從事這個工作，就會採訪到各個人種，以及各種立場的人。所以我聽得出來。以他的立場來說，雖然當時他這麼講，但那回答聽就知道別有他意。我立刻就發現B似乎隱瞞著什麼事。」

A小姐繼續說：

「而且當我看到那張照片時，覺得是一張『全黑的照片』。但B卻說『拍到一個全黑的東西』。這樣很奇怪吧？沒有拍到任何東西就不會這樣說。所以他那番話讓我覺得是照片上有拍到東西，但為了不讓我察覺才這麼說。」

隔天，A小姐到公司再次確認一次以前B先生寄給她的「IMG-0053」的照片。

「果然還是一片黑，看不出來有拍到什麼。所以，我就試著調整了一下。」

A小姐用照片編輯軟體打開「IMG-0053」，並將照片亮度調到最大。

她花了點時間才總算理解看起來模糊不清的那個是什麼東西。

畫面上下是成排白色彎曲的東西，還有東西沿著下排內側的弧度靠著。

「那是口腔內部。大概是人的嘴巴。就像是嘴張得大開，讓整個畫面都拍入的那種照片。上下兩排白色的東西是牙齒，正中間拍到的則是舌頭。」

B先生應該是顧慮到A小姐會感到害怕，所以才不想告訴她照片上拍到的東西吧。A小姐在那之後，與B先生交談時也都沒再提起那件事情。

「但是，在那之後我就開始會夢到奇怪的東西。當我醒來時總是記不太清楚作夢的內容，但只覺得是個可怕的夢。我在像是山上的地方，被一個張著大嘴的男人追著跑的夢。說不定我也被詛咒了吧。」

據說，至今B先生先行交付的照片檔案中，還是沒有「IMG－0053」。

網路蒐集的情報

4

快就醫。

→諮商者的回覆　2019/11/17
謝謝醫師的回覆。
我會去看看眼科。
但總覺得好像不是那種狀況。
浮起來的文字會變成一段文章，感覺就像是有誰要讓我看見一樣。
有些時候還會有為了讓我看到，才寫下文章的感覺。每次都一樣是那種有稜有角的字。

・回答者：精神科醫師　2019/11/18
我有看過您商量的內容及其他醫師的回覆了。
請別覺得不舒服，但您最近有沒有覺得常會忘東忘西的呢？或是有沒有親朋好友過世，因而受到很大的打擊呢？
有許多阿茲海默症及其他精神疾病的患者，都是在您這樣的年紀出現症狀。
只要能理解如何面對這些疾病，就不必感到害怕。
保險起見，能不能讓您家人也過目一下這些文章內容呢？
如果不是這樣，只要笑著說是誤會了就好。請您不要獨自鑽牛角尖，試著多跟身邊的人聊聊。

→諮商者的回覆　2019/11/18
謝謝醫師的擔心。
我自己也有想過這個可能性，而且聽說當事人並不會察覺自己失智，所以我有請丈夫看過這個網頁的內容了。
生活中沒有變得健忘的樣子。每天也都能準備好晚餐，我想應該是沒問題。
但若要說起腦袋是不是變得不太對勁，我就沒

【出自免費線上醫師諮詢服務「請告訴我！Doctor」】

・諮商者：50多歲 女性　2019/11/14
文字看起來像浮了起來，文章的內容也很令人在意。
請問有什麼疾病會出現這種症狀嗎？
三個月前左右開始出現這個狀況，而且好像越來越嚴重的樣子。
就算告訴丈夫有這個狀況，他也只會說是我的錯覺，由於我至今都不曾生什麼重病，一想到萬一是罹患重大疾病就不知道該如何是好，因此感到很苦惱。
我不太習慣用電腦，要是有失禮之處敬請見諒。

・回答者：眼科醫師　2019/11/15
視線扭曲會對日常生活造成影響，這應該讓您感到很難受吧。
由於外觀看不出異常，常會難以得到家人理解，但要是沒有好好醫治眼部疾病，也有可能引發危險的狀況。建議您盡早前往鄰近眼科看診。
只從您商量的文章內容難以做出診斷，不過文字看來就像浮起來一樣的這種狀況，有可能單純只是眼睛疲憊所引起，但也有可能出自黃斑部裂孔、視網膜剝離等各種原因。
而且以您的年紀來說，還有可能是老年性黃斑部病變。
這是一種因為老化而造成視網膜水腫或引發出血，並造成視力減退的疾病。無法自然痊癒，放著不管只會讓症狀惡化，甚至會導致失明。
無論原因為何，大多情況都是只要透過定期檢查及治療就能讓症狀減緩，因此建議您還是盡

不要否定自己的心，只要據實告訴醫師遇到的狀況就好。
醫師想必可以陪您商量出一個能讓您往後安心生活的解決辦法。
不過我有點在意的是，您覺得可能是起因的那件事情。
很多時候只是當事人沒有注意到，但內心其實承受了很大的壓力。
當您就診時，希望可以連同那件事情一併告知醫師。

→諮商者的回覆　2019/11/19
照醫師的回覆所指示，下星期六就會請丈夫陪我去就診了。
至於那個契機，真的不是什麼了不起的事情。
不過既然醫師都這麼親切地陪我商量，我就在此寫下那件事，但只是一段怪談罷了。
我有個正在就讀大學的獨生子，他似乎在三個月前跟一群朋友去試膽。我記得他說是去●●●●●那邊的一間旅館還是休養機構之類的廢墟。
說來也真丟臉。但我有提醒他那種地方很危險，也會給住在附近的人帶來麻煩不太好。
根據兒子所說，那個廢墟已經荒廢得很徹底，甚至還有地方垮下來，所以沒辦法進到深處，但入口有個像是大廳的地方，有本筆記本就掉在櫃檯底下。
那好像是觀光區常會擺放的那種回憶筆記本。
有很多校外教學的學生或參加公司培訓的人會在那本子上留言，但都是一些平凡無奇的內容。
留言好像只寫到那本子的一半而已，但最後一頁寫了一段奇怪的內容。
雖然覺得莫名其妙，但那內容好像是在拜託什麼自信了。
雖然丈夫說是我想太多。但我依然覺得是有人要給我看一段文章。
一開始是超市傳單。
在許多文字當中，唯獨幾個字該說是看起來像浮起來一樣嗎？總之只有那些文字特別醒目。而且可以拼湊成一段文章。
無論是看報紙時，還是閱讀小說，也都會有文字浮起來，組成一段比較長的文章內容。
接著是當我在文具店挑選原子筆的時候。
我在試寫紙上看到幾個有稜有角的字。不知為何，我總覺得是那段文章的後續。
在那之後也是，像是當我跟朋友去餐廳吃飯時，在要自己寫名字的候位表上，還有社區傳閱的公告板夾上的角落都會寫有那些字。
由於都是一些莫名其妙，不然就是讓人覺得不舒服的內容，我就不在此詳述，但那些文章彷彿想拜託我做些什麼。
直到現在也是，同樣的文章不斷反覆浮現，無意間就會看到那個字跡寫在某個東西上面。
寫下這種煩惱的我，果然很奇怪對吧。
另外，我並沒有受到什麼打擊。雖然現在是分開住，但父母都還健在。
不過確實是有件讓我覺得說不定是起因的事情。
但我並沒有很在意那件事，而且也不該是要在這裡寫給醫師看的內容，所以我覺得不用特別說明應該沒關係。

→精神科醫師的回覆　2019/11/19
謝謝您的回覆。
從您的文章看來，似乎感到相當苦惱的樣子。
請別懷疑自己。在這個前提下，請先到身心科就診一次看看。

請和我一起養育吧。
他哭著說想要更多朋友。
任何人都能招攬過來。
拜託你了。
但只有這樣是不行的。
只有產下生命的人才會明白。
請從高端的境地牽引眾生。
在那之前我會一直看著你。

回想起來，這封信的內容好像就跟我會看見文字浮起來湊成的文章一樣。
丈夫跟鄰居都很替我擔心。
上次我並沒有提及，但其實有時候耳邊也會聽到聲音。
我上網調查了一下，感覺可能是罹患思覺失調症。
這樣掛身心科沒問題嗎？
我丈夫請了假，明天會陪我一起去醫院就診。

麼事情似的，讓我兒子感到相當害怕。
某天在吃晚餐的時候，我跟丈夫一起聽兒子說了這個體驗。
在那之後過了不久，我就開始會看到文字浮起來了。
由於那是跟我看到的文章相同的內容，所以覺得有點毛骨悚然。
但照常理來說，不可能發生這種事對吧？都活到一把年紀了真是難為情。
我怕兒子又會跑去那種地方試膽也不太好，所以沒有跟他說這件事。
雖然覺得不太好意思，但我就醫時姑且也會將這件事跟醫師說明。
非常感謝這裡的各位醫師陪我商量。

→諮商者的回覆　2019/11/21
一再回覆真是抱歉。但我果然是腦部出現問題的樣子。
昨天，鄰居找上門來，說我將一封寫了奇怪內容的信投入他們家的信箱裡。但我完全不記得有做過那種事。
那位鄰居是當我兒子還在念國小時就在家長會認識的人，當朋友都快十年了，所以我也不認為對方在說謊。
鄰居實際拿了那封信給我看。上頭確實是我的字跡，信封上也寫有我的名字。
現在信件正在我手中，以下是我謄寫過來的內容。

來找我。
謝謝你找到我。
我看著你。
你要成為我嗎？
我可愛的孩子。

某月刊雜誌　２０１８年７月號刊載

短篇〈劈腿〉

「頭髮總算留長到這裡了。」

一邊摸著長度及背，染成淡褐色的一頭長髮，A小姐這麼說。

她之前之所以剪掉頭髮是在跟當時交往的男朋友分手的時候。問她是不是想忘記失戀的悲傷才決定剪髮，A小姐卻搖了搖頭。

「不，我不是那種類型的人。不如說可以的話我還不想剪呢。」

語畢，A小姐便開始侃侃道來。

距今兩年前左右，當時還是大學三年級學生的A小姐，正與校內同為網球同好會的同年男性交往。

他們從大一就開始交往，也會跟同好會的共通朋友一起去旅行，感情很要好。

「那陣子包含男朋友在內，每天晚上大家都會一起喝通宵，玩得還滿瘋的。」

某天晚上，A小姐跟平常一樣跟大家聚在同好會朋友家中喝酒。

「那時候除了男朋友跟我之外，還有另外兩位朋友在場。大家都喝得很醉，然後就有人開始說要講鬼故事。」

大家輪流說起不知道從哪裡聽來，平凡無奇的鬼故事，但應該是喝醉助興的關係，氣氛還是相當熱絡。

話雖如此，大家知道的鬼故事都很快就說完了。下個話題的中心就變成錢仙。

「我們聊到小學放學後都會聚在教室裡玩。但在不同地區，對於錢仙的稱呼好像也不一樣。我是沒聽過，但在男朋友的家鄉那邊是叫丘比特的樣子。不過整個過程也大同小異就是了。」

這時有個朋友說機會難得，乾脆就一起玩玩看。但要玩錢仙就必須準備寫有五十音的紙張。然而在所有人都喝醉的狀態下也沒辦法準備那種東西，於是氣氛也變得有些掃興。

「察覺到這樣的氣氛，有一個朋友就說在以前曾就讀過一段時間的國小中，很流行一種類似的遊戲。而且那不需要特別準備東西，簡單就能玩。」

那位朋友的父母是所謂的調派族，每隔兩三年就要跟著搬家轉學。而那是在朋友從小三到小四之間就讀位於●●●●的國小所流行的遊戲。

「那好像是叫麻悉羅大人。做法很簡單，只要站著高舉雙手呼喊『麻悉羅大人、麻悉羅大人，請降臨』之後，當場跳三下。就只有這樣而已。如此一來，麻悉羅大人就會降下啟示。」

例如像是錢仙，就是透過硬幣降下啟示。但照這樣說來，麻悉羅大人是要透過什麼方法降下啟示呢？

「我們也這麼問，但朋友卻說不知道。很隨便對吧。不過在朋友以前就讀的國小，好像有些小孩非常熱衷這個遊戲。」

話雖如此，A小姐他們當下也只是想找個可以炒熱氣氛的話題，因此他們並不認為麻悉羅大人傳達啟示的方法是多大的問題。

「當時男朋友就說『我來試試！』，於是一邊搖搖晃晃地大喊『麻悉羅大人、麻悉羅大人，請降臨～』並跳了幾下。由於他那副模樣實在太有趣，所有人都笑到不行。看到我們笑成這樣，他也得意忘形地說『我再做一次，妳用我的手機拍下來！我要上傳社群』，然後就將手機拿給我。當我錄影完並還他手機之後，男朋友就感覺很開心地將影片上傳到社群平台。」

當A小姐有些發呆地看男朋友忙著操作手機的樣子時，他突然「咦！」地輕呼一聲。

「影片才剛上傳不到五秒，就已經有人按『讚』。而且還是來自不認識的帳號。」

聽到男朋友這麼說，A小姐也湊過去看手機畫面，確實出現了「讚」的記號。而且「讚」的一覽表當中只出現一個帳號。

「頭像還是預設的樣子。就是一個人形的符號。不但姓名欄位是空白，英文字母的用戶名稱也不是有意義的詞彙，而是隨機輸入英文數字那樣。」

那個帳號本身沒有發表過任何貼文，粉絲人數是0，有在追蹤的帳號也只有她男朋友的而已。

A小姐覺得很詭異，但男朋友並沒有特別放在心上。

當然，也沒得到麻悉羅大人降下的啟示，眾人說到別的話題，又熱絡地聊一陣子之後那天的聚會也就此解散。

「問題就是從那時候開始。只要他有發表貼文，那個人絕對會來按『讚』。像是我們一起出去玩時，他會把拍我的照片上傳到社群平台嘛。我也想知道自己被拍得怎麼樣，反正有追蹤他的帳號，便用自己的手機確認貼文，卻發現那個時候就已經有人按『讚』了。明明才剛上傳而已耶。感覺很不舒服對吧？我好幾次都勸他封鎖那個帳號，但他卻只覺得『反正按「讚」數會增加沒差吧？』……」

那個帳號不是只有在特定照片或影片才會按「讚」，而是A小姐男朋友發表的任何貼文，都會立刻按「讚」。

在這種事情不斷持續的狀況下，A小姐悄悄萌生了一個念頭。

「我猜想會不會是他的劈腿對象用免洗帳號監視他的行動。搞不好是透過在所有貼文都按『讚』的舉動，來向他跟想必會看他帳號的我施加壓力。我懷疑他也正因為有察覺到這一點，所以才遲遲不想封鎖那個帳號。」

過了一個月左右，更是加深了這樣懷疑的念頭。

「總覺得他的態度變得很冷淡。跟我相處時感覺一點也不開心，應該說都心不在焉的吧。就算我問他是不是我做了什麼惹他不高興的事情，他也只會說沒這回事。一想到那大概就是他的心已經不在我身上了，就讓我覺得很悲傷。」

某天晚上，A小姐到男朋友家過夜。

那個時候她男朋友依然是很冷淡的樣子，也只靠電視節目的聲音蒙混過尷尬的氣氛，彼此都不發一語地滑著手機，後來也是很快就上床睡覺了。

到了深夜，床鋪的嘎吱聲讓A小姐醒了過來。

「我發現原本睡在身旁的他站起身走掉了。當時我也是半睡半醒，想說他應該是去上廁所吧，所以很快就又睡著了。」

再次醒來的時候，身旁還是不見男朋友身影。

「我拿放在枕邊的手機看了一下，時間是半夜三點。他前一次醒來時我沒有確認當時幾點，不過感覺是過了好一段時間。」

不知道男朋友是去哪裡了。當A小姐還在猶豫要不要去找他時，就聽到走廊那邊傳來細碎的聲音。

「我聽到壓低音量又窸窸窣窣的聲音。感覺就像在跟誰講話一樣。」

A小姐躡手躡腳地下了床，從套房的房間裡察看走廊的狀況。

「我一點一點打開房門朝走廊看去，但那邊是一片黑暗。相對地，廁所倒是透出了一點昏暗的亮光，聲音也是從那邊傳過來。」

男朋友在深夜時下床好一段時間還躲在廁所說話。這情形大概是在講電話吧。畢竟之前就存疑了，A小姐決定打探一下和男朋友說話的對象。

她在一片黑暗的走廊上謹慎地不發出腳步聲朝廁所走去，並靠在廁所門口偷聽。

「他一直在道歉。不斷說著『對不起』、『我辦不到』、『請原諒我』之類的話。我覺得他一定是被難搞的女人給纏上，並要求他跟我分手吧。」

一聽到他這樣沒出息的聲音，A小姐也覺得自己對男朋友的感情漸漸淡掉了。

「總覺得怎樣都無所謂了。繼續跟這種人交往下去也沒轍。但與此同時也覺得很生氣。既然都要分手，不如揪出他劈腿的鐵證之後再甩掉他。」

後來A小姐就回到床上，然而她男朋友直到清晨都沒有從廁所出來。到了早上，A小姐裝作若無其事的樣子離開了男朋友家。

自從那天又過了一星期之後，A小姐又到男朋友家過夜。

「已經變得意氣用事了呢。我當時只想著絕對要揪出證據。」

為了找出男朋友劈腿的證據，A小姐鎖定的目標是他的手機。以前一起外出時，有一次男朋友正好在走在A小姐前面的狀況下解鎖手機螢幕。雖然不是刻意的，但A小姐還記得碰巧看到的那組密碼。

那天晚上，兩人一起上床睡覺之後，確認到男朋友已經開始打呼，A小姐便拿著他的手機偷偷溜下床。

「因為不知道那個女人什麼時候會打電話過來，我想要是跟男友處在同個房間裡查看手機會不太妙，於是就跟他那天一樣進到廁所裡。」

走過一小段一片黑暗的走廊，進到廁所的A小姐解鎖了他的手機。

她首先打開Messenger的應用程式，看了一下訊息一覽，但裡面全是他跟A小姐也認識的同好會朋友之間平凡無奇的聊天內容，沒什麼可疑之處。

接著她就看了手機本身的通話紀錄。只要看到那天的通話紀錄，至少可以知道對方的名字才是。然而那一天的那個時段，卻沒有留下任何通話紀錄。即使確認過其他可以進行語音通話的應用程式也是一樣。

「既然刪除通話紀錄，就表示完全是有問題的吧。他總不可能大半夜的跑去廁所自言自語。所以我決定要調查得更加徹底。」

就算點開男朋友的照片檔案也都沒看到特別引人注目的東西，就在A小姐幾乎要放棄時，她突然想到一件事情。

也就是從之前就一直在社群平台上給男朋友按「讚」的那個帳號。

只要透過男朋友在社群上可以對話的私訊功能，說不定就能找出跟那個帳號之間與劈腿有關的對話紀錄。想到這個方法的A小姐點開社群平台的應用程式，並確認起私訊的一覽紀錄。

「果然有被我找到跟那個帳號之間的訊息。但是，內容跟我想的不太一樣。」

畫面上只有一整排他單方面傳出去的訊息而已。

『對不起』
『對不起』
『對不起』
『對不起』
『對不起』
『對不起』
『對不起』
『對不起』
『對不起』
『對不起』
『對不起』
『對不起』
『對不起』

「對方完全沒有傳來任何回覆，但他卻不斷傳送『對不起』的訊息。由於實在太多則了，我沒辦法全部看完，但大概是這幾個星期以來一直都在傳。感覺一天應該有傳個幾十則。」

覺得這個狀況絕對不正常的A小姐也不顧什麼劈腿的證據，決定直接問男朋友這麼做的理由。

當她手上拿著男朋友的手機，打開廁所門正要返回客廳時，就發現男朋友正站在一片黑暗的走廊正中央。

「走廊是一片黑暗，也看不清楚他的表情，但我知道一定是出狀況了。他不發一語。只是張著雙腳，雙手抱胸地看著我而已。我們大概沉默地對視了三十秒左右，他突然就走過來抓住我的手臂。」

一想到會被惱羞成怒的男朋友施暴，A小姐下意識就道歉了。然而他卻還是不發一語，並使勁地拉過A小姐的手臂，將她帶進客廳的房間裡。

「他雖然是個容易得意忘形的人，但絕對不是會對人施暴的類型。所以我真的害怕得不得了。就算拜託他放開我，也完全不肯放鬆力道。」

感受到生命危險的A小姐為了甩開他的手而奮力抵抗。

就在覺得男朋友鬆手的那個瞬間，她就被使勁地推開。

頭撞到矮桌桌角的A小姐頓時全身都動彈不得。

「腦袋感覺昏沉沉的。我只能倒在原地，看著他離開我身邊走向走廊。」

再次回到客廳的男朋友手上拿著一把剪刀。

這時A小姐才第一次看到男朋友的表情。

他哭著揚起滿臉笑容。A小姐在意識朦朧的狀態下，看著那副勉強揚起笑容的臉上淚流不止的模樣。

男朋友靠近無力抵抗的A小姐，並伸手掬起她的一頭長髮，就拿起剪刀果斷地剪掉。

「如果不是我幻聽，他就是一邊剪著我的頭髮，還不斷低喃『這樣就暫時沒問題了』、『可以把人偶當成是妳』之類莫名其妙的話。」

男朋友拿著一束A小姐的頭髮走到床邊，並拿起一個玩偶。

那是個兔子玩偶，是A小姐以前跟男朋友一起出去玩時，到遊樂中心玩夾娃娃機夾到，充滿兩人回憶的東西。

男朋友用頭髮一圈又一圈地纏繞在那個玩偶身上。

後來，他就拿著那個纏著頭髮的玩偶，走過倒在地上的A小姐身旁，從玄關走了出去。

「我們的關係就此結束。當時等到我的意識恢復清楚之後，立刻就衝出他家，後來再也沒有跟他見過面。我也不想看到他。到醫院去之後，我被診斷出是輕微腦震盪。但頭髮都被剪掉了……我也只能去美容院整理一下，結果剪成一頭非常短的短髮。」

Ａ小姐跟同好會的朋友們坦言這一連串的事情之後，大家都覺得難以置信，同時也對她男朋友的殘酷行徑感到氣憤不已。

也有朋友想替Ａ小姐出氣，但在那之後那個男朋友就沒再到同好會露臉。據說在大學中也沒見過他，甚至還搬家了。

「我剛開始覺得既打擊又悲傷，也感到很氣憤，因此遲遲無法整頓好自己的心情，但事到如今冷靜下來仔細想想，這一整件事情有太多奇怪的地方了。」

Ａ小姐像在喃喃自語般說下去：

「自從大家聚在一起喝酒的那天起，他究竟是劈腿了怎樣的對象？又是在針對什麼事情道歉呢？」

#「發生在近畿某處的那些事」4

「既然都調查到這一步，我想乾脆去●●●●●●看看。」

小澤這麼說。

我當然也有阻止他。

但他還是去了。

「發生在近畿某處的那些事」就到此結束。

我正在尋找小澤。

敬請有相關消息的人與我聯絡。

《校園鬼故事》系列

【節錄自《校園鬼故事》第2集（初版2003年）〈第一章 校園七大怪談〉部分內容】

・某間學校的九大怪談

據說在某間國小的學生之間流傳的並非「七大怪談」而是「九大怪談」。在此就來介紹一下怪談的內容吧。

其一 「樓梯平台的鏡子」

四年級到六年級的學生會用到的那段階梯，在轉角平台處有一大面鏡子。據說那面鏡子會出現校長的幽靈。那位過世的校長是好幾屆以前的老師，如果有學生不乖乖聽老師的話，就會被帶進鏡子裡面。

其二 「人體模型之舞」

擺在三樓理科教室裡的人體模型，好像每到晚上都會跳起舞來。以前值夜班的老師在深夜巡邏時，發現上鎖的理科教室傳來聲響，從走廊的窗戶朝著教室一看，就發現人體模型好像跳舞跳得很開心。

其三　「麻悉羅先生」

只要在學校留到很晚，就會出現一個叫麻悉羅先生的恐怖幽靈。沒有任何學生看過麻悉羅先生，但那是因為看到的學生全都死掉了。

其四　「游泳池的白色手掌」

據說以前在高年級用的游泳池裡溺死的女學生變成了幽靈，會伸出白色的手抓住在游泳的學生的腳。暑假時擅自跑進游泳池玩的學生，會被那白色的手抓住腳溺斃其中。

其五　「自己發出聲音的鋼琴」

擺在體育館舞台後方那架合唱用的鋼琴有時候會自己發出聲音。據說是因為有位要在畢業典禮上演奏校歌，卻無論怎麼練習都彈不好，苦惱到最後自殺的學生，在死後變成幽靈依然在練習。

其六　「女人的畫」

美術準備室裡收著一幅不知道作者是誰的女人的畫。據說只要看了那幅畫，就會夢到那個女人。所以美術準備室才會變成禁止進入的教室。

其七　「連接走廊的人頭」

連接走廊一到夜晚就會有人頭飛過來。據說有位把習題忘在學校的學生晚上經過連接走廊時，看到有個面帶笑容的人頭以驚人的速度迎面飛過來。

其八　「放學鐘聲」

時間一到傍晚五點，廣播室就會自動響起放學鐘聲，但偶爾會擅自晚三分鐘響起。那好像是以前自殺的學生死掉的時間。要是在那個時間聽到鐘聲就會莫名想死。

其九　「ＡＫＩＯ」

據說會出現名為ＡＫＩＯ的男生幽靈。會跑到像是多媒體教室的布幕遮蔽處，或是廁所最裡面的隔間這種昏暗的地方要找人當朋友。但要是成為ＡＫＩＯ的朋友就會被吃掉，所以必須拒絕才行。

＊＊＊＊＊＊

【節錄自《校園鬼故事》第6集（初版2007年）〈第三章　校園相關的恐怖故事〉部分內容】

・跳躍女

這是小學四年級生T小弟弟的故事。

T小弟弟某天晚上吃完晚餐之後，就在位於二樓的自己房間裡寫作業的習題。

他無意間朝著窗外一看，就發現有個表情很恐怖的女人在窗外若隱若現。

嚇人的是，那個女人是跳躍到二樓的高度，從窗外窺視T小弟弟。

「哇」地驚呼一聲的T小弟弟衝下樓梯，就看到媽媽站在樓梯底下。

當他正要說起剛才發生的事情時，媽媽只是緊盯著T小弟弟的臉。

他這才發現那是穿著媽媽衣服的剛才那個女人。

在那之後，T小弟弟一家人似乎就失蹤了。

・AKITO的電話亭

在R小妹妹就讀的國小附近，有個沒有任何人在使用的老舊電話亭。

只要在傍晚五點進到那個電話亭拿起話筒，似乎就會接通到一個叫ＡＫＩＴＯ的男生。

傳說只要向ＡＫＩＴＯ說出願望就他會替自己實現。

Ｒ小妹妹想跟班上一位很在意的男同學變得要好，所以就在某天傍晚，進到那個電話亭並拿起了話筒。

她等了好一陣子也沒聽到任何聲音，雖然感到失望，但總之還是說出了自己的願望。

當她走出電話亭時，就看到有個明明是冬天卻穿著短袖短褲的男生站在那邊。

Ｒ小妹妹問他「你是ＡＫＩＴＯ嗎？」，那個男生的嘴就張得非常非常大。

在那之後，Ｒ小妹妹似乎就失蹤了。

K寄來的電子郵件

承蒙關照了。

我是K。

上次謝謝您約我見面。

您那邊的狀況都安定下來了嗎？

那位新人的事情真的很令人遺憾。

也請您千萬別太勉強自己。

我也覺得這種時候聯絡您似乎不太好，

但之前見面時您有請我調查，所以我還是決定寄信給您。

要與您聯絡的是關於總編S的事。

在那之後，我調查了一下S離職時寄給我們的交接檔案。

由於找到了幾個跟●●●●●有關的東西，所以在此寄給您喔。

他當時似乎也在調查●●●●●的樣子。

正確來說，他在調查的是別的事情，只是在那過程中查到●●●●●那邊了。只要看過這些內容您應該就會明白。

由於建立存放相關資料的檔名日期是在他離職不久前，所以這應該是S經手的最後一份工作。

雖然我也不知道他打算將這些資料寫成怎樣的報導就是了。

這讓我感到有些在意，便再次向現在還在那間公司上班，而且任職於人事部的同期前同事問了關於S的事情。

因為已經過了好一段時間所以才能透露，但S離職的理由其實是跟他妻子有關。好像是他妻子突然罹患了身心疾病，為了照顧她才決定離職。

狀況好像非常糟糕，不但會打奇怪的電話到公司，似乎還會寄信過來。

畢竟編輯部一天到晚都會收到一些奇怪的聯絡，所以我當時也沒有發現原來那是S的妻子，但這在行政部門的打工人員之間似乎滿出名的呢。

以我個人來說，雖然彼此在工作方針上有很多差異，但畢竟是同一個編輯部的夥伴，如果他當時能找我商量就好了。

我說不定也能提供一點協助。但事到如今也太遲了呢。

不過人事部的前同事也不知道S的現況。

在提出要離職的時候，S好像相當苦惱，整個人散發出一種讓人難以詢問他往後有甚麼打算的氛圍。

聽到這件事，我不禁想起您跟那位新人的事。

雖然我都寄了這些東西給您，但是真的很擔心。

我們是提供大眾娛樂的媒體人，並不是刑警。請您注意別涉入太深。

由於打電話給您沒有接通，請容我用電子郵件的方式與您聯絡。

確認到信件內容時，煩請您回覆一下。

草草欠恭。

某月刊雜誌　２０１２年１０月號刊載

短篇〈所見之物〉

【出自S的交接檔案「岩石相關－1」】

A先生劈頭就這麼說：

「這件事是我朋友看到的。」

A先生就讀的大學位在關西。

那是一所放眼全國也滿知名的私立大學，也有很多學生會以升學為契機離開家鄉來到關西就讀，不過A先生是所謂的在地組。

高中時成績優異，也不曾想過要去東京念書的A先生就跟身邊的同學一樣，算是一種理所當然的過程般決定就讀那所大學。儘管跟老家之間是可以通勤的距離，他還是用家人給的生活補貼，享受人生第一次的外宿生活。

「從外縣市來的都是下定決心的人，大家都非常認真。跟我這種只是順勢就讀這所大學的人有點不太合拍。所以會湊在一起的，也自然變成本來就是關西出身的人居多。」

A先生在校內常會跟另外兩個在地組的人一起行動。

就先假設是B先生跟C小姐好了。

「一開始我是常跟B一起上課、吃午餐之類的。雖然我們不是會聊得太深入的那種朋友，但也滿合拍的。畢竟我念的科系有很多個性陰沉的人，所以也有點是用消去法才跟他變好的感覺。然後某一天，B突然帶了一個女生過來。那個女生就是C。他雖然說是同好會的朋友，但我一眼就看出來了。當時我就覺得這兩個人不久後應該就會交往了吧。」

實際聊起來之後，發現C小姐是個笑口常開的可愛女性，跟A也滿合得來，他們沒過多久就變成常會一起行動的三人組了。

那是去年夏天的事情。蹺掉下午的課，三人跟平常一樣在校內的餐廳閒聊時，B先生說出一個提議。

「他問我們今天要不要去看夜景。B是住家裡通勤上課，所以有一台家人共用的車。那時他才剛考到駕照，就找我們陪他練習開車。」

B先生說要去的地方，是在地人眾所皆知的看夜景景點。

從大學開車大概一小時左右可以抵達的那個地方，雖然沒有什麼展望設施，休閒雜誌也不會介紹，但可以在越過山頭的車道旁邊那座廣場一覽山腳夜景，常會看到當地情侶去那邊約會，或是飆車族也會在那邊休息。

「我跟C也都滿想去的，但我那天要打工，所以就先暫時解散，到了下班時間B再來接我一起出發。」

那晚停在打工餐廳前的車子是一輛小型麵包車，只見B先生從駕駛座的車窗探出頭露出笑容。先在後座就坐的C小姐也請A先生上車，兩人並肩坐好之後就出發了。那時是將近晚上十二點左右。

「反正隔天也沒有早八一定要到的課，我們也因為深夜時分特別興奮，去程的車上氣氛都很嗨。還用超大音量播放B借來的CD一起熱唱。」

抵達那個地點時已經超過深夜一點，再加上是平日的深夜時分，四周就只有A先生他們那一輛車而已。

將車子停在廣場之後，A先生他們以山腳的夜景為背景一起拍了照片，也靠在柵欄前眺望夜景一邊閒聊，享受著這段非日常的時光。

「一開始是我們三個一起聊天，但當我回車子拿菸的時候，那兩個人之間的氣氛好像變得很不錯。雖然覺得火大，但我姑且還是識相地沒有立刻回去他們身邊，而是在車子旁邊抽了根菸。」

A先生不爽地看著兩人背對夜景暢談的身影。

就在B先生拉近兩人間的距離，靠近到快要碰到C小姐的肩膀時，她忽然轉頭過去，好像發現什麼東西似地伸手指了一下。

「她手指的方向是廣場的角落。B好像也注意到了，只見他整個人朝那邊轉過去，兩人便湊在一起不知道在說什麼。」

那個廣場不單純只是個停車場，也像是兼作觀景空間的地方，因此角落那邊意思意思設置了一個休息區。

「應該算是涼亭吧？有個小小的屋頂，底下好像面對面擺放著四角椅凳。C指的地方就是那裡。所以我就想說那兩個傢伙應該是想趁我不在的時候跑去那邊親熱吧。」

果不其然，兩人開始朝著那個地方走去。A先生遠遠看著兩人的背影同時嘖了一聲，便點了第二根菸邊滑起手機。

「手機滑了一陣子之後，突然聽到有人大喊『哇啊！』的聲音，我嚇一跳並朝著B他們那邊看過去，只見那兩個人往車子這裡狂奔過來。還一臉快哭出來的樣子。」

A先生再次朝著兩人跑過來的涼亭方向看去。定睛看著遠方的暗處之後，就看到那邊有個奇妙的東西。

嚇到的A先生正想對兩人開口，但B先生就搶先喊道「總之趕快上車」。他幾乎是被推進車子並在後座就坐，C小姐也跟著上車坐在一旁，然後車子就衝了出去。

就在車子駛離廣場的時候，A先生正想說剛才看到的東西，但坐在一旁的C小姐就突然放聲大喊：

「閉嘴！不要講。」

畢竟A先生是第一次看到C小姐這樣怒吼的樣子，便茫然地沉默下來。

駕駛座上的B先生似乎也摸不著頭緒。

車子用驚人的速度在山路上行駛。正當車內擴散著一股異樣的寂靜時，就開始聽到那個聲音。

「是從車子外面傳來的。聽起來像是哀號也像是笑聲的奇怪聲音。當我們走在兩側都是樹林的山路上時一直都能聽見。感覺就像他們跟著車子。」

即使在車子裡也能聽得很清楚的那道巨大聲量不是來自一個人而已。聽起來像是有一大群人用各式各樣的聲音異口同聲地喊著。

「呀——呀——」

「科科科科科。」

「啊哈哈哈哈哈。」

「呵呵呵呵呵。」

本來以為是動物的叫聲，但聲音的種類實在太多元而否定了這個可能性。據說那是會讓人想像到一群男女老少在胡亂喊叫的聲音。

在害怕到渾身發抖的A先生一旁，C小姐喃喃說道：

「被找到了。該怎麼辦？」

這句話讓B先生的情緒整個爆發出來。

「是怎樣啦！這聲音是怎樣！那些傢伙又是怎樣！」

對於B先生的這番話感到困惑的A先生正想開口時，C小姐默默地制止了他。

接著，她向B先生問：

「B，你看到什麼？」

一邊緊握方向盤，B先生感覺煩燥地回答：

「還有什麼，C妳也看到了吧？是妳說『好像有看到什麼』，我們才一起過去看的吧！在一個像是底座的地方擺了一顆奇怪的岩石，旁邊還圍繞著好幾個人啊。他們不是一邊跳來跳去，還唸唸有詞的嗎？」

總覺得外面的聲音比剛才還要更響亮了。

C小姐也是一副被逼急的樣子追問下去：

「唸唸有詞是在說什麼？」

B先生有些遲疑似地回答：

「妳也有聽到吧。很像什麼莫名其妙的咒語啊。呃，主那被來………」

就在B先生開口說出他聽到的像是咒語的東西時，才講到一半他便停了下來。

無論怎麼催促他說下去，他都沒有做出任何反應。
隔著車內後照鏡看了一下Ｂ先生的狀況，就發現他面無表情地緊閉著嘴。
好像完全忘記直到剛才的焦躁及恐懼似的，完全面無表情地轉動方向盤。
依然聽得見車外傳來胡亂喊叫的巨響。現在甚至大聲到聽起來就像緊靠在車子旁邊一樣。
這時，Ｂ先生突然操作起汽車音響，並按下播放鍵。
開始播放出的，是在來到這裡的路途中放入ＣＤ的Ｊ－ＰＯＰ流行樂。由於音量並沒有調整，車子裡便籠罩在歌曲驚人的音量之中。
車外傳來一大群人的聲音，再加上車內由汽車音響大音量播放出的歌曲，聲音的洪水讓當下的情境宛如地獄一般。
Ａ先生盡可能想理解究竟發生了什麼狀況，但當他看向身旁的Ｃ小姐時，只見她的表情也僵住了。
「來，大家一起聽。一起走過那底下吧。來啊！來啊來啊來啊來啊！」
Ｂ先生突然放聲大喊，這讓Ａ先生整個人抖了一下。

「B這麼說完，就開始用不輸給其他聲音的音量喊叫起像是經文，又像是咒語的句子。還一直講個不停。我坐在後座聽得不是很清楚，但那樣詠唱的方式與其說是誦出默背下來的內容，更像是在配合什麼東西朗誦的感覺。當時我直覺B應該是聽見了什麼不是音樂的聲音。」

承受不了這種狀況的C小姐開始哭了起來。A先生也幾乎陷入恐慌狀態。

A先生從後方抓住一直在喊叫的B先生的手臂，並大聲呼喚他。然而就連這樣的呼喊也被各式各樣的聲音給掩蓋過去。

當A先生使勁搖晃了一下B先生的手臂時，車子大幅度地蛇行。

就在他下意識縮起身體的時候，車子突然停了下來。

畏畏縮縮地朝著車窗外一看，只見車子大幅超出了山路的中線，斜斜地停在車道上。

那時他才發現無論是從樹林間傳來的聲音、車子裡播放的音樂，還是B先生的聲音全都停了下來。

後來，B先生就像恢復理智，而且剛才沒發生任何事情一樣讓車子繼續前行。

無論車子裡面還是外面，全都籠罩在一片寂靜當中，好像直到剛才的喧囂是假的一樣。

A先生問B先生他剛才那個反應究竟是什麼意思。

「喔，只是感覺變得有點奇怪啦。抱歉抱歉。」

但他只是若無其事地這麼回答。

「那天勉強是平安回到家了。但從隔天開始，B就變得怪怪的。雖然也不至於整個人都性情大變啦。我們在學校還是會跟平常一樣湊在一起，但就是覺得不太對勁。聊天時他也會很正常地應答，不過突然變得面無表情的狀況與日俱增。感覺就像B的部分內在不知道跑去哪裡一樣。」

在這狀況下，B先生突然離開至今所屬的同好會，並開始熱衷投入於校外那種靈性類型的同好會活動當中。不久後，也越來越少在學校看到他了。這也是照B先生以前的個性來說難以置信的行動。他還殷勤地找A先生跟C小姐加入，但兩人覺得很詭異便拒絕了。

不知不覺間，兩人就跟B先生保持了一段距離。

「應該就是受到他那天看到的東西所影響吧？C似乎有點靈異體質，當她聽到車子外面傳來的聲音時，似乎是打算裝作沒有看到任何東西。她說如此一來應該就能逃得了。我也覺得幸好自己當時沒有說出看到的東西。其實我也看到了。不過是跟B看到的不一樣的東西。雖然隔著一段距離，而且當時光線也很昏暗，所以看起來也有點模糊，但那並不是岩石。」

既然不是岩石，那A先生看到的是什麼呢？即使這麼問，他還是搖搖頭並說：

「我不想講。一旦說了就會被發現啊。C當時說不定又是看到了其他東西，但關於這件事我們都不會再提起。這件事單純只是朋友看到了奇怪的東西，然後就變得不太對勁。我們都當作自己只是碰巧在場而已。」

懷抱著這個共同祕密的兩人關係也變得親密。

自從發生了這件事情不久，A先生就被C小姐告白了。

現在，這兩人正在交往。

「發生在近畿某處的那些事」

4

「既然都調查到這一步，我想乾脆去●●●●●看看。」

小澤這麼說。

我當然也有阻止他。

但他還是去了。

兩個月後，他就過世了。

是在●●●●●發現他的遺體。

對各位說了謊，真的非常抱歉。

「發生在近畿某處的那些事」就到此結束。

讀者投書　3

・第一封

××先生

好久不見。

我是〇〇〇〇。

你還記得我嗎？

前陣子在整理抽屜時找到你的名片，於是去信聯絡。

有件事情我無論如何都想告訴你。

你狠狠地侮辱了我跟那孩子吧？

我一點都不願回想起那時候的事情。

但是，你可別說自己忘記了。

全都是你們這些新聞媒體害的。

假裝一臉同情的樣子靠近，
我把你那些惡劣的行徑當作是昇華自我的試煉忍耐下來了，
即使如此也不代表你所犯下的罪就會消弭。

你該贖罪。
請再過來聽一次我是怎麼說的。
這次要照我所說的傳播出去。

現在先不提及內容。
反正就算我在此寫下，像你這種低級的人類也無法理解吧。
我是拯救了那個孩子。
你只要把事情傳開，想必就會有人看了便能夠明白。
畢竟天底下沒有多少這麼美妙的事。
總之，請你跟我聯絡。
一定要。

靜待你的聯繫。

＊＊＊＊＊＊

．第二封

××

你為什麼不跟我聯絡？

認清自己犯下的罪吧。

我再給你一點時間，

一定要跟我聯絡。

＊＊＊＊＊＊

・第三封

×××

這是最後通牒。

跟我聯絡。

＊＊＊＊＊

・第四封

×××先生

你好。

完全都沒收到你的回覆呢。

算了，那也已經無所謂了。

因為我已經昇華到更高的境地。

我也幫你打開查克拉了。

請別忘懷感恩的心。

謝謝你找到我。

※最後有其他編輯部門留下的手寫註記：

「O先生，這是我們週刊雜誌之前採訪過●●●●●事件中的電波女寄來的信。既然是超自然方面的事乾脆給你們去採訪吧？（笑）」

某月刊雜誌　２０１４年１２月號刊載

短篇〈ＫＴＶ〉

【出自S的交接檔案「岩石相關－2」】

一位長崎縣的上班族A先生趁著今年御盆節假期（註9）參加高中同學會時，經歷了一段奇妙的體驗。

出社會之後就在家鄉工作了三年，由於也有很多朋友選擇離開長崎，對於鮮少有機會與他們聯絡的A先生來說，同學會是個跟老朋友重溫舊夢的好機會。

「果不其然，同學會的氣氛相當熱絡。雖然也才過了三年，但有的人已經結婚，有的則是在大都會闖蕩事業，大家給人的感覺也都變了，一開始讓我覺得心情很複雜，但聊了一陣子就發現大家在本質上果然還是跟高中那時一樣。」

在包下餐廳舉辦的同學會結束之後，一行人前往飛鏢酒吧續攤。儘管人數已經減少一半左右，但那時所有人都有些微醺，感覺就像重回學生時代一樣，玩得非常盡興。

「離開酒吧時已經超過十二點了。雖然也有很多人就此搭計程車回老家，但我們四個當時就很要好的朋友說著『乾脆喝到天亮吧』，便決定再到下一間店去。但那個時間店家幾乎都打烊了。所以我們決定去二十四小時營業的ＫＴＶ。」

A先生一行人前往位於長崎鬧區的一間連鎖KTV。

看到一群醉漢光臨，感覺有些困擾的店員告知包廂號碼後，A先生他們就衝了進去開始熱唱。

「大家都已經喝得醉醺醺了。我們一起熱唱了動漫歌曲，還笑到流出眼淚來。真的玩得很開心。」

然而高昂的情緒也無法長時間維持下去，過了三點之後，就開始有人趴在桌上睡著了。

「他們三個都是到東京發展的人，所以返鄉時長途跋涉應該也累了吧。最後只剩下我還清醒而已。」

但A先生也不想自己唱歌，於是滑了一下手機，不知不覺間他的眼皮也越來越沉重。

「我自己是沒有睡著的感覺，後來頭重重地點了一下，我這才發現自己睡著了。」

當A先生醒來時，其他三個人都還在睡。他在喝醉而且意識不太清楚的狀態下，用手機確認了首班車的時間，才突然注意到包廂內的狀況不太對勁。

註9：日本追思祖先的傳統節日。

「整個包廂非常安靜。一般來說，KTV在沒有點歌的時候，電視應該也會不斷播放新歌的PV，或是唱片公司煩人地打著剛推出的新人偶像的採訪廣告。這在我打盹前也是如此。但當我醒來時，整個包廂都寂靜無聲。」

A先生看向電視螢幕，他目睹了奇妙的影像。

「畫質莫名粗糙，感覺就像是用上個世代的家庭錄影機拍下來的畫面。上頭有各式各樣的人保持沉默地站著。」

在關掉電燈的昏暗室內，A先生望著那個畫面看到出神。

那個畫面讓人聯想到團體紀念照。以樹林為背景，正中間有個奇怪的東西，大概有十名左右的男女排排站著。而且那些男女不但有老人，還有應該還沒上小學的小孩子。服裝也是各有不同，有些人身穿西裝，有些人則是穿著像是傳統農作服的衣物，散發出的氛圍跟年代感都不一樣。不過所有人都面無表情，完全看不出情感的眼神注視過來。

畫面正中間擺了一個高度及腰的底座，上頭隔著坐墊擺放著一個巨石。

「畢業旅行去大阪玩的時候，我有跟幾位比較要好的朋友排排站在比利肯神像的左右兩側拍照。那個畫面讓我聯想到那件事。像是一群人在觀光景點拍攝紀念照一樣。但是畫面上的每個人看起來一點都不開心。」

看著眼前每個人都是一動也不動的影像，A先生一開始還以為是靜止畫面。但注視好一段時間之後，才發現背景的樹木葉子有在晃動。

「我以為是恐怖片的預告之類的東西。還想說這段宣傳影片真是獨特。因為看了好幾分鐘，都沒有任何人開口說話。」

就在A先生快要看膩的時候，畫面中的一個人忽然開口說話。

「請你也一起鑽過那底下。」

令A先生感到驚訝的並非這句話，而是除了說話者之外其他人的模樣。

「自從那個人開始講話，所有人都把嘴張到最大的程度。而且依然面無表情。」

接著換另一個人說話。

「請來這裡。」

在這段期間，除了說話者以外的人也是一直大大張著嘴。

然後，又換另外一個人說話了。這次說話的是個幼小的孩子。

「一定要照做才行。」

感覺就像在畢業典禮上看畢業生上台一人說一句感言似的。

「我雖然不是靈異體質，但那個時候我全身起了雞皮疙瘩。直覺這是危險的東西。」

A先生立刻跑向電視螢幕，將音量調整到最小。雖然也想直接把螢幕關掉，但焦急的他一時之間搞不清楚哪一個才是螢幕的開關。

「我覺得總之要想個辦法解決才行，便用包廂裡的分機打電話聯絡櫃檯。」

但鈴聲響了一陣子，卻遲遲沒有人接聽。在這段期間，A先生的目光還是不禁被他明明一點也不想看的影像吸引過去。儘管聽不到聲音，但畫面中的人依然一句接著一句說下去。

等待鈴聲響了超過十聲時，這才總算有「喀嚓」一聲被接聽的感覺。

『請快點過來。』

話筒中傳來一道老人的聲音。
而且畫面中的老人也正在開口說著什麼。那嘴部開闔的動作跟透過話筒傳來的話語完全可以對得起來。

A先生馬上從包廂裡衝了出去。
「我自己也不知道為什麼要這樣做，但應該是再也不想繼續待在那個包廂裡。」
當A先生打開包廂的門衝到走廊時，他頓時愣在原地。
在長長的走廊上，直到深處的左右兩側的包廂門全都半開著，所有人都是只探出頭，而且一臉面無表情的樣子注視著他。
「不分男女老少，各種人都有。所有人都像在等我走出去一樣緊盯著我看。」
所有注視著站在原地的A先生的人，全都張大著嘴。
A先生再次衝回才剛衝出去的包廂裡。
「我快要哭出來似地把大家叫醒。但是，那時的電視畫面已經在播放正常的影像。大家看到我太過焦急的樣子，也都嚇了一跳。
其中一個朋友再次打給櫃檯，對方卻只是感覺嫌麻煩地說「請問是發生故障嗎？」。

「雖然距離首班車還有好一段時間，但我告訴大家還是馬上離開比較好。」

在黎明前矇矇亮的天空底下，離開KTV的四人一起走在一片寂靜的鬧區之中。A先生向其他人詳細說明了剛才發生的事情。

就在A先生的陳述說得差不多的時間點，所有人的手機都響了。

「有電話打來。而且還是同一組電話號碼。這很奇怪吧。應該沒辦法同時打電話過來才對。何況當時還是清晨四點多。」

他們沒有任何人接起那通電話。鈴聲就這麼持續響了好一陣子。

「後來我上網查了一下留在通話紀錄中的那組電話號碼。是從關東一間養老院打來的。而且是不久前因為集體自殺而上新聞的那個地方。不知道是不是從那裡在呼喚我們。但真的很慶幸我們當時都沒有接電話。」

「發生在近畿某處的那些事」

4

我跟小澤最後一次見面也是約在神保町的那間咖啡廳。

彼此都就坐之後，飲料也送上桌，他將糖漿加進冰的咖啡歐蕾，一邊攪拌同時開口說：

「可以請您聽聽我的見解嗎？」

我便開始聽他分析。

＊＊＊＊＊

一如我們之前都認同的，牽引入山者對女性有所執著。從〈林間學校發生集體歇斯底里事件的真相〉及〈發現新種UMA　白色巨人！〉當中可以得知牽引入山者的本體不會離開那座山，而是利用那些受到某種影響的男性來牽引女性上山。至於那些男性是生是死就無從得知了……

我之前就隱約察覺牽引的目標是女性，是為了將在那當中較為年輕的女性當作「新娘」

嗎？但也不清楚那跟我們對於「新娘」的概念有沒有一樣就是了。

會不會是牽引入山者讓那些為了給自己送上新娘的男性，以及自己跑去成為新娘的女性的「肉體」跳下水壩的呢？

那個水壩可能是因為這樣才會變成自殺勝地……

這麼一想，〈實錄！奈良縣失蹤少女有新線索？〉的少女可能也只是沒有被發現，但其實已經陳屍在水壩的某個地方了。

但像是〈劈腿〉那則短篇，似乎只要把人偶當作替身奉上，就能避免成為新娘。雖然似乎也有像〈發現新種ＵＭＡ　白色巨人！〉跟〈等待〉這樣，即使沒有替身也能活下來的例外。

至於在小學裡流行的「麻悉羅先生」跟「麻悉羅大人」，應該是牽引入山者影響了那些住在社區公寓的小孩子們，作為一種遊戲在學校散播開來。從牽引入山者有著一副白色的龐大身軀看來，應該也能讀作「全白先生」跟「全白大人」（註10）。而且這也跟在〈劈腿〉那篇描述到奉上替身的這點一樣。

*****

說到這裡，他先是吸了一口氣，便開口說道：

「就差一點了。我總覺得就只差一點而已。雖然包含紅衣女子跟貼紙在內，還有很多沒有釐清的部分，但只差一點應該就能連貫成內容紮實的特輯了。」

順著這股氣勢，他接著說：

「既然都調查到這一步，我想乾脆去●●●●●看看。」

我當然也有阻止他。

但他還是去了。

兩個月後，他就過世了。

是在●●●●●發現他的遺體。

對各位說了謊，真的非常抱歉。

「發生在近畿某處的那些事」就到此結束。

註2：在日文中發音相同。

採訪逐字稿

3

您好、您好。初次見面。

這個嘛……那我點這個熱的伯爵紅茶吧。

您說您沒有和O見過面對吧。

我聽說了。是他前同事……我記得是K先生吧？那位的工作夥伴是嗎？

因為O突然打電話給我。說前同事找他商量有個撰稿人在調查我們幾年前曾去採訪過的●●●●●，希望我可以跟您分享一些資訊。我也正因為寫新作碰上瓶頸，說不定跟您聊聊之後可以得到一些靈感，所以就答應了。

您是撰稿人對吧？我們都受到出版業萎縮所苦呢。我這陣子的首刷印量也不斷在降低，真的很辛苦啊。是不是在暗示要我這種老太太趕快退休了啊？哎呀哎呀，我開玩笑的啦，別放在心上。呵呵。

您說O嗎？我從他還在前公司的文學編輯部時就和他一起工作了，所以認識很久了呢。應該快要二十年左右了吧。

但一開始也才合作幾年，他就調到其他部門去了，呃……是什麼來著，就是那個……驚悚類型的。對對對。他就去了〇〇〇〇編輯部。在那之後我們就有好一段時間沒有合作。那邊好像給不出能發稿給我的稿費呢。呵呵。

但自從他轉職到現在這間出版社的文學部門之後，我們才又一起工作。哎呀，這個業界很小嘛。要好好珍惜各種緣分呢。

啊，對了。您也是為了寫〇〇〇〇的報導，才會調查●●●●●對吧？那個雜誌現在是月刊嗎？咦？不定期出刊啊，也真是不景氣呢。

呃，原本是要說什麼來著。對了對了。●●●●●是吧。

您有看過我的書嗎？哎呀，真令人開心。謝謝呀。

既然如此，話就好說了，我寫的小說大多是以驚悚為主題的對吧？

能讓我一寫就是幾十年，真的很令人感激呢。

我想想，大概是二十年前左右吧。當時還算是新人，但總算可以獨當一面的文學編輯O，接任之前的人成為我的責編。

當O來找我商量下一部作品時，剛好童書的編輯部也發了案子給我。

那是個統整學校怪談的童書企畫，雖然是要給小朋友看的，但不希望做成像在哄騙小孩的作品，所以才會想找驚悚小說的作家來寫。

剛好那個時候跟O一起構想出的新作品點子是以「傳聞散播」為主題的小說。既然如此，我就想說新作能以「小學生散播的怪談」為主題，並跟那個童書的採訪一起進行。

不過就結果來說，因為跟O所構想的新作品方向性不太一樣，最後變得跟那次採訪沒什麼關係就是了。但依然是做出一本滿有趣的作品，您有興趣的話請再找時間看看吧。

對不起。這件事就先別說了，那時候因為我自己也沒寫過童書，對於小朋友的認知也不足以寫出一本給小朋友看的書，因此就決定進行實地調查。

透過童書編輯部的管道，跟關東及近畿地區的三所小學談妥之後，就實際前往當地採訪學生們。那次採訪是我跟O一起去的。如果編輯也能一起去就好了，但成群結隊地一起去觀感也不佳吧？

而其中一所就是位於●●●●●的國小。

話說回來，您相信有幽靈嗎？這樣啊。原來如此。

我嗎？我啊，這個嘛，身為驚悚小說家這樣講可能會讓人感到意外，但我並不相信有幽靈。

雖然這是長年透過驚悚小說家這個身分培養起來的經驗所引導出的個人論調，不過幽靈是從人的恐懼感當中衍生而出的喔。

並不是本來就有幽靈這種東西存在，才在那些看到的人口耳相傳下變成怪談。不然要是國小理科教室中的人體模型每天晚上都在跳舞，那可就是一大事件了。

舉個例子來說吧。小學的理科教室本來就是個有別於普通教室的特別空間。這種類型的教室常會設置在像是特殊校舍的地方。而且跟普通教室相比，進出那種特殊校舍的人本來就會比較少。既然沒什麼人進出，當自己因為某些原因要去那個地方時，多少都會感到不安及恐懼。何況未知的恐懼更會放大那樣的情感。為了與人分享那種難以說明的龐大恐懼感，就會捏造出跳舞的人體模型這種荒謬的共同認知。

剛才說的是以場所為例，但其實任何東西都能成為恐懼的對象。

像是在某個時期引發話題的人面犬，也有個說法是出自小朋友們面對流浪狗的恐懼感，這樣的情報才會散播開來。

如果會害怕流浪狗本身當然沒關係。但小朋友當中當然會有某些人因為家裡本來就有養狗，因此不會害怕流浪狗。那些孩子無法理解流浪狗哪裡可怕。所以說不定是為了讓他人對自己懷抱的恐懼感產生共鳴，透過媒體散播的人面犬才會作為一種共同認知，爆發性地流傳開來。

就像人面犬在全國引發話題一樣，恐懼的對象就某方面來說是全國一致的。所以大多學校的廁所都會出現花子，醫院的太平間也會出現死者的幽靈。都是這樣。

恐懼的對象除了全國共通的之外，還有橫跨世代、換了名稱也繼續被傳承下來的怪談。像是瑪莉小姐，在大眾少用有線電話的現在也演變成打電話到手機，或是用訊息聯絡。儘管這類的怪談已經不是用瑪莉小姐這個名稱了，但對於「溝通時看不到對方是誰」的恐懼概念，即使橫跨了世代依然延續下來了對吧。

關於山、河川、大海的怪談，之所以在不論任何時代都很多的原因也在於此。面對大自然時，無法靠人類力量控制的恐懼感，會配合當下的時代以各式各樣的名稱流傳。

但是，有一部分是例外。

當發生了只侷限於極為狹小的地區才會知道的令人震驚的事件時，就會作為地區特有的怪談流傳下來。●●●●●的國小正是如此。

我所寫的《校園鬼故事》系列裡，〈某間學校的九大怪談〉及〈校園相關的恐怖故事〉的其中兩則就是出自去●●●●●採訪時得知的故事。

對對對。就是那個。真令人懷念啊。您已經看過了是吧。

原本後面那兩則沒有打算刊載，但令人感激的是第一集跟第二集大受好評，因此在系列作拉長之後，校園內的怪談也沒剩什麼好寫的了。所以那一集是第一次將故事舞臺拓展到校園周遭。因為是到那時候才刊載，距離採訪已經過了滿久一段時間了呢。

跟在其他國小採訪的內容相比，●●●●●比較特殊一點。

在我們前往採訪的幾年前那個地區發生的事件，給校園怪談帶來了不少影響。

您也看過的〈某間學校的九大怪談〉，是依據我們採訪的好幾位學生都有說到的怪談統整而成。

學生們說的怪談當中，基本上都跟普遍的七大怪談差不多，全是沒有什麼太大特徵的內容。但是，他們最後一定會提及兩則怪談。

感到費解的我們追問之下，才得知那兩個怪談是最近開始在校內流傳的。沒錯，並不是打從一開始就有九大怪談，而是最近在原本的七大怪談中追加了兩個，才會變成九大怪談呢。

那兩則怪談分別就是「放學鐘聲」跟「ＡＫＩＯ」。

除了九大怪談之外，最近開始在校外流傳的怪談還有「跳躍女」跟「ＡＫＩＴＯ的電話亭」。不，另外還有一個。雖然那則沒被刊載出來就是了。

我聽了相當興奮。因為這讓我碰上了正好符合想當作小說主題的「小學生傳播的怪談」這個概念。

我剛才說過怪談的起源跟難以說明的龐大恐懼感有關，因此當時的我也想去找出這樣的怪談是基於對什麼的恐懼才會出現。

後來得知的是某個學生跟其家人自殺的事件呢。

我還有當時新聞報導的影本呢。就夾在採訪資料當中。一絲不苟的個性在這種時候真的是幫了大忙呢。瞧，就是這個。

過世的是當時十一歲的〇〇ＡＫＩＲＡ小弟弟。沒錯，發音是ＡＫＩＲＡ而漢字寫作「了」。

他母親的事情雖然沒有上新聞，但她好像是在ＡＫＩＲＡ小弟弟過世之後一年左右自殺的。

就算去問學校的學生，也都因為似乎有被家人叮囑不能半開玩笑地跟人說起ＡＫＩＲＡ小弟弟自殺的事情，因此幾乎都不跟我們說。老師們當然也一樣。不過我們得知鐘聲真的有時會晚個幾分鐘。

我們於是決定在附近打聽一下。隨便找了個理由，到處訪問剛採買完的主婦之類的路人。O很擅長這樣打聽，真的是幫了大忙。

在願意跟我們說的人當中，有個人碰巧目擊了ＡＫＩＲＡ小弟弟的自殺現場。

是一位住在國小附近公寓的人，那天好像也是採買完要回家。當傍晚的校園鐘聲響起，那個人正推著掛了購物袋的腳踏車走在要返回公寓的坡道上，就看到有一群人聚集在公寓社區裡的一處公園旁。

似乎是有個小孩在公園裡種植的高大樹木上吊了。

底下有位應該是孩子母親的女性不斷喊著小孩的名字，一心想著要把孩子放下來似的，高舉起手半瘋狂地上下跳躍。

那時剛好是放學時間，從學校回到公寓的許多孩子們都在一旁圍觀。

那個人連忙跑過去，要其中一個小孩去叫大人過來，並趕緊讓其他孩子們回家。總不能讓孩子們看著那樣殘忍的畫面嘛。

直到警車跟救護車抵達之前，那個母親都不斷喊叫地重複做著一樣的動作。雖然當那小孩被放下來的時候，已經看不出來還有生命跡象就是了。

也有叫了警察來喔。因為那孩子是在以小學生身高來說勾不到的高大樹木上吊的，四周卻沒看到任何可以墊上去的東西。但過了不久，那件事情上報時只寫了是自殺。

我們還問到另一位知道一些詳情的人。

這次是關於那位母親。

自殺的那對母子好像就住在國小附近。

小孩出生不久後，父親好像就過世了，因此是他們母子倆住在獨棟的房子裡。

她雖然是個很親切的人，但也有點奇怪，好像傳出有加入什麼宗教的謠言。即使如此，也沒有引發什麼太大的麻煩就是了。

小孩自殺之後，好像就算在家附近見到她也是相當消沉的樣子。但這也是理所當然吧。

然而，過了幾個月之後她好像就突然變得很不對勁。

在路上見到她時，感覺情緒非常亢奮，也精神飽滿地見到人就上前攀談。

畢竟那件事被八卦雜誌、節目之類的媒體，視為一起疑點重重的自殺案件，大肆報導他殺的可能性，甚至還說起是因為霸凌、虐待等等原因，所以那一帶的人也都覺得她很可憐，因此沒有特別明顯地排擠她就是了。

不久後，她好像就貼起像是奇怪的符咒，也像是貼紙的那種東西了呢。在自家圍牆以及窗戶上貼得滿滿都是。據說有一次鄰居拿著社區傳閱的公告板夾過去時，從玄關看到她把整個家裡的牆壁、地板甚至天花板都貼滿的樣子。

家裡沒有可以貼符咒的地方之後，她接著連路上的電線桿、社區布告欄之類的地方都會貼，甚至還開始發送那個符咒給城鎮上的人。

好像還說著「驚人發現！」、「會得到庇護喔！」之類的話。

她大概已經完全瘋了吧。

不久後，就有人發現她在家裡上吊自殺了。

剛才我有提到沒有刊載的內容對吧。

就是這個家的事情。

發生那件事情之後就再也沒人入住的那個家，開始被那一帶的人稱作什麼「符咒鬼屋」，並謠傳那裡會出現一個身穿紅色大衣的女鬼。

那位母親好像就很常穿紅色大衣呢。

再怎麼說我也不能把現在還實際存在的廢墟寫出來。而且就算想寫，也會對實際上發生的事件有過多的干涉。就倫理來說也不行。

所以就沒發表了。

實際上有刊載的「跳躍女」恐怕就是由這位母親為原型衍生而出的怪談。

雖然沒有描寫出來，但訪問到的孩子們都有提及「穿著紅色衣服」，還有跳躍的動作。

其實我原本也很猶豫要不要刊載關於ＡＫＩＲＡ小弟弟的怪談，但在跟Ｏ商量過後還是決定發表了。不過有將名字換成「ＡＫＩＯ」跟「ＡＫＩＴＯ」。並刪除是自殺的學生這個部分。

關於ＡＫＩＲＡ小弟弟的怪談，還有一些要補充的地方。要是包含在同一個九大怪談中會顯得太複雜，所以才會分開來寫。

聽說ＡＫＩＲＡ小弟弟是被當作獻給「麻悉羅先生」的替身。

對對對。就是在校園九大怪談中出現的「麻悉羅先生」。

那應該是源自「牛頭」那個怪談吧。「因為知道內容的所有人都死了，所以沒有任何人知道」的說法。怪談總是會一再反覆呢。

採訪的學生當中，其中一位有個現在已經畢業的哥哥，根據那個哥哥的說法，AIKRA小弟弟是因為被當成替身才會喪命。

說是其他被「麻悉羅先生」找到的學生把AKIRA小弟弟當成替身，所以他才會死掉的樣子。

畢竟也有部分人士臆測遭受霸凌可能是AKIRA小弟弟自殺的主因，說不定是受到這個影響才會出現那樣的謠傳。

再來是，還有一點，其實那所國小自殺的學生不只一個人。

根據我所聽到的，除了AKIRA小弟弟之外還有另外一個人。

那件事情因為在同一個時期還發生了一起全國性的重大事件，而且就狀況來說除了自殺之外難以想像其他可能性，因此也只有在當地報紙上刊登一小塊新聞，並沒有像AKIRA小弟弟那時一樣受到大肆報導。

雖然是個女生，但是從AKIRA小弟弟自殺的那座公園所處的社區公寓屋頂跳樓的。就發生在AKIRA小弟弟自殺的幾年後。不知道自殺是不是會延續下去的呢。

您說那個女生的事沒有衍生出怪談嗎？嗯。沒有喔。

大概是因為不像AKIRA小弟弟那時一樣有很多人目擊，所以不是那麼眾所皆知吧。

不過，有人說那孩子會自殺的原因是變成ＡＫＩＲＡ小弟弟的朋友，所以被吃掉了。明明被吃掉卻說是自殺也有點不合理吧。不過謠傳就是這樣啦。

在ＡＫＩＲＡ小弟弟自殺之後，就傳出了「ＡＫＩＴＯ的電話亭」這個怪談，因此大家就說自殺的那個女生是不是在電話亭向ＡＫＩＲＡ小弟弟許願了。

確實要是每次只要有人死掉怪談就會增加的話，校園怪談的數量只會跟著越來越多吧。即使是「麻悉羅先生」跟ＡＫＩＲＡ小弟弟的故事，也是跟原本就有的怪談牽扯在一起，所以就某方面來說還是有合理性。雖然ＡＫＩＲＡ小弟弟跟那不太一樣，以怪談來說也能成立就是了。

無論ＡＫＩＲＡ小弟弟還是他母親的事情，流傳在學生之間的怪談雖然基本上是沿襲實際事件，但細節部分就是加油添醋了。

要是目擊到的人都失蹤的話，大家也無從自他人口中聽說這些事情吧。呵呵。

我所知道關於●●●●●的事情大概就是這些了。

您說我有沒有什麼想問的？這個嘛……雖然一開始說了是想得到寫新作的靈感，但其實我沒有什麼想問的事情。

身為同行，我是來給您忠告的。

我有聽O說了一點內容。好像全國都有人在討論關於●●●●●的共通怪談的樣子呢。也有人因此喪命。而且那似乎還跟我說的女性及小孩的怪談也有關。

如果這是真的，可相當恐怖呢。

不，我並不是在懷疑您。

不是這個意思。只是認知上的問題。

我直到現在也不相信有幽靈。但是，我不想再更加深究這件事情。

您問我為什麼？那很簡單啊。因為我不想顛覆自己至今的認知。

要是從您口中得知讓我不得不承認確實有幽靈存在的事情，我往後又該如何面對幽靈才好呢？

如果說，假設真的有幽靈，或是其他相似的某種存在，這至少是對人類有害的東西吧？大概就跟新冠病毒一樣。

要是與其牽扯上關係，就會展開隨機攻擊。受害程度也各有不同。這樣很沒道理吧。

如果幽靈是這樣的存在，那我至今透過採訪寫下怪談的行為，就等同是給讀者們散播有害的東西了。

不，這是不可能的。真是如此那還得了。

說完這些，我想給您一個忠告。

您就當作是老人家的傻話聽聽吧。

只要不相信，對那個人來說就等同於不存在。

我不相信有幽靈。

但是，您認為這件事與幽靈有關。

而且還想揭發其真面目。

我所做的是徹底查明校園怪談來源的單純作業，即使與您是在做一樣的事，目的卻截然不同。

我不會害您的，所以還是快收手吧。

有句名言是「風聲鶴唳，草木皆兵」。

如果不過是風吹草動而非敵兵就能放心了。但是，如果並非只是草木該怎麼辦呢？

在跳躍女跟孩子的怪談中，我所看見的是因為母子自殺這樣令人震驚的事件而產生的恐懼感所衍生出的謠傳這樣的草木。但是，您是想看見什麼呢？

……這樣啊。您沒打算罷休是吧？

好吧。既然您都這樣說了，我也不會再阻止。

那我就跟您說一件事吧。

其實我有個朋友的家人也是死在●●●●●的水壩。

我記得是六七年前左右吧。應該、能算是殺人事件。

那位丈夫是專職於出版類型的設計師。明明還非常年輕，卻能做出相當出色的設計，也曾負責設計過我的著作的封面。平常住在長野，但只要有來東京，一定會跟我還有責編三人一起去吃飯，我們的關係就是這麼好。

那個丈夫卻突然把妻子及女兒推下水壩。

警察也做了很多調查，但最終好像還是以他是為了帶著全家人自殺而殺了妻子跟女兒，結果只有自己沒有死成作結。

但我覺得這是絕對不可能的。因為他是打從心底愛著他的妻子跟女兒。

他跟妻子之間好像一直都生不出孩子。但他說過在跟妻子商量後，他們決定領養小孩。他真的是比親生孩子還要更愛他女兒。也常拿照片給我看。是個很可愛的女生。

畢竟我到了這個年紀還單身，每次聽他說著說著，讓我都覺得她就像自己的孫女一樣呢。他當時還說過下次要來東京時，會再帶女兒一起過來的說……

也是有這種偶然呢。純屬偶然。我是這麼想的。但要怎麼解讀就是您的自由了。

……話說回來，您是如何呢？已經結婚了嗎？喔喔，單身啊。也是呢，這個業界很多人都是如此。雖然我也沒資格這樣講啦。

咦？哎呀，是這樣啊。離過婚。但在現在這個時代也不太稀奇了吧。

您有好好吃飯嗎？獨自生活沒有其他人照料，很辛苦吧。看您的樣子是不是都沒有好好吃飯呢？臉色不太好喔。這樣不行。不可以只吃便利商店的東西。一天到晚追著這種怪談，心情也會受到影響吧。不介意的話，要不要我介紹個朋友給您認識呢？是個很可靠的對象喔。

啊，對不起。我忍不住就管太多了。上年紀之後就會變得這麼厚臉皮，真受不了呢。

採訪逐字稿 4

【出自S的交接檔案「岩石相關－3」】

男性「採訪中說不定會提到一些失敬的問題，但今天還是希望請您說出自己知道的所有事情。」

女性「我已經跟警察還有媒體說過很多次自己知道的事情了，所以幾乎沒有什麼好說了喔。何況我也聽說那裡將在今天關閉。」

男性「不，我今天想問的並不是只有跟那起事件相關的事情。其實，我是擔任這類雜誌的編輯。」

女性「咦？呃……那是什麼樣的……？」

男性「如您所見，是神祕學雜誌。請別感到不舒服。其實我是耳聞您之前任職的養老院有奇怪的謠言。」

女性「奇怪是指鬼怪那種方面的嗎？」

男性「是的。但我不會將鬧出人命的事件寫成荒誕無稽的報導。我只是想向讀者傳達事情的真相。」

女性「喔，果然是這樣啊。那起事件果然一點也不正常呢。」

男性「您有什麼頭緒嗎？」

女性「是的。但我覺得這種事情就算講了也不會有人相信。何況我自己本來也不相信這種事情。所以沒有對任何人說過。」

男性「這樣啊。我保證絕對會對您的身分完全保密，希望您能將感受到的事情，以及發現的事情全都告訴我。」

女性「好吧……要從哪裡說起好呢？S先生，你對這起事件了解到什麼程度？」

男性「只有新聞媒體報導出來的部分而已。入住養老院的失智症患者們集體自殺，還有職員被捲入其中身亡，就只知道這些。」

女性「果然是這樣。首先我得重申一下，過世的入住者們並不是失智症患者。雖然報導中被統稱為『養老院』，但我之前任職的『恆久之家』是安養中心，而且還是被稱為一般型的類別。」

男性「這樣啊。是我失敬了。請問一般型的安養中心是什麼樣的機構呢？」

女性「簡單來說，就是讓身體硬朗的高齡者入住的機構。是為了那些沒有罹患失智症或其他需要護理的疾病的長者所設立的。即使沒有什麼特別的慢性病，有些人還是會對於獨居生活感到不安，因此那是由我們為這樣的長者提供生活上一些協助，讓他們住得安心的地方。」

男性「原來如此。長知識了。」

女性「不過我也只在那裡工作三個月而已就是了。」

男性「您為什麼會想到『恆久之家』工作呢？」

女性「隨著丈夫調派到神奈川之後，我也想找個白天的兼職工作。那時就看到求職廣告。當時安養中心才剛落成不久，應該是想增加現場工作人員吧。我媽媽也已經是七十五歲以上的長者了，往後可能會有照護的需求，因此覺得到那裡工作應該也能學到很多，才投了履歷。因為一般型的機構就算沒有照顧服務員證照也能應徵。」

男性「開始在那裡工作之後，您覺得怎麼樣呢？」

女性「我覺得那裡的環境很好。護理型機構的工作好像對身心都會帶來滿大的負擔，但入住一般型機構的長者都是身體狀況相對硬朗的人。當然，在還沒習慣工作時也是有很辛苦的地方，不過職場前輩們也都願意手把手地指導我。」

男性「在這樣的地方，為什麼會發生那種事件呢？」

女性「我想，大概是那個東西害的。」

男性「那個東西……是嗎？難道是跟岩石有關嗎？」

女性「咦！啊……果然啊。你說的沒錯。」

男性「能請您說得詳細一點嗎？」

女性「那個東西……那塊岩石就擺設在『恆久之家』。放在設有電視，入住者可以自由前往，也能作為活動場地的娛樂室裡。那是個奇怪的岩石。一顆巨大又堅硬的黑色岩石，就擺在一個像是底座的東西上面。」

男性「那東西是有受到祭祀的嗎？」

女性「不，是沒有特別做過那種事。在旁人看來，應該會覺得那是個藝術作品，或是裝飾著某種礦石吧。畢竟在接待櫃檯也有裝飾著風景畫之類的東西。我想說院長可能是個喜歡藝術作品的人吧。因此入住者的家屬也都沒有起疑的樣子。」

男性「但是，在您看來卻覺得很奇怪嗎？」

女性「對。因為擺設在那種地方，豈不是很危險嗎？那塊岩石應該很沉重吧。一般來說應該不會在入住者可能跌倒的地方擺放那種危險的東西，因此我一直想不透。」

男性「會產生這樣的疑問確實很有道理。」

女性「但我也只是個新人，總覺得不太好提出這種建言，所以並沒有針對這件事情出什麼意見。不過，還有其他更奇怪的事。」

男性「什麼事？」

女性「有一部分的入住者會對著那塊岩石做出奇怪的事。」

男性「具體來說是怎樣奇怪的事呢？」

女性「各種舉動都有。我的工作內容也包含了策畫或舉辦日常的休閒娛樂活動。像是大家一起摺紙，或是玩些套圈圈之類輕度的運動。這種活動基本上都是自由參加，但有些人不但不會參與活動，注意力還一直擺在那塊岩石上。有些人會張著嘴盯著岩石看、走到岩石前方鞠躬致敬，或是圍繞著岩石舉起雙手，當中甚至還有人會跳來跳去。」

男性「其他職員都不會在意這個現象嗎？」

女性「對。這也很奇怪對吧？那裡的工作還滿忙的，說不定是沒有多加干涉的從容吧。而且即使不是失智症患者，隨著年紀增長，應該多少也會出現意識混亂的狀況，我就想說可能是因為這樣，並告訴自己別想太多。」

男性「還有遇到什麼其他的狀況嗎？」

女性「有一次，我碰巧看到前輩職員跟入住的長者一起對著那塊岩石跳來跳去。我覺得即使是陪著一起玩也太過火了。便跑去問其他前輩『我之前就很在意了，但那塊岩石到底是什麼東西？』。」

男性「那個前輩有什麼頭緒嗎？」

女性「我也不曉得。但前輩說『那是院長帶來的』。我便追問是從哪裡帶來的怎樣的岩石，前輩就說『原本祭祀在●●●●●的山上，是特別靈驗的岩石喔』。我一聽到前輩這樣講，就覺得很不舒服。想說那該不會是跟某種宗教有所牽扯，甚至偷偷向判斷能力下降的高齡者進行某種傳教吧。」

男性「聽起來確實滿不舒服的呢。您自己有受到招攬嗎？」

女性「不。沒有特別遇到那種事。但總覺得大家都對岩石的話題避而不談。」

男性「除了岩石以外，還有遇到什麼其他狀況嗎？」

女性「有。帶長者們做些休閒娛樂時，常會決定一個主題讓他們畫畫。這類活動也能預防失智症。但有些人都不管決定好的是什麼主題，逕自畫些奇怪的圖。」

男性「那是怎樣的圖呢？」

女性「圖畫紙上滿版畫著鳥居的圖。就只畫那個，還畫了好幾張。」

男性「畫下那個圖的當事人有說什麼嗎？」

女性「有。與其說是當事人，會這樣做的不只一個，而是有好幾個人。但不管怎麼問，他們都只回答『我在找人進到這裡』……」

男性「感覺很毛骨悚然呢。」

女性「還不只這樣。這是聽另一位跟我同時期錄取的同事說的。我值早班，對方則是專值晚班。所以我們不會一起上班，幾乎沒有聊過幾次，但有一次在交接的時候，聽那個同事說了奇怪的事情。」

男性「怎樣的事呢？」

女性「到了晚上，入住者當然都是回到各自的房間休息，但好像從幾個人的房間傳來奇怪的聲音。雖然說是聲音，但比較像在喊叫吧。類似『呀——』、『嘎——』之類的。就算同事連忙跑去查看，叫聲都在開門的瞬間就停下來，當事人則是呆滯又面無表情地坐著的樣子。除此之外，好像還有聽到像在誦經的聲音。」

男性「誦經是怎樣的內容呢？」

女性「這就不曉得了。我也只是聽同事講而已。但似乎不是像在碎唸那樣，而是用響亮的聲音在誦經。」

男性「那位同事有跟其他前輩商量這個狀況嗎？」

女性「當然是有。但得到的回應好像是『也是有些入住者偶爾會說些囈語，或是一時意識混亂，所以不用太在意』。那個同事也是有點存疑，再加上岩石的事情，當我聽到這些也覺得很詭異。」

男性「容我問個失敬的事，但除了那起事件以外，安養中心還有其他人過世嗎？」

女性「嗯。確實有。在我工作期間有三個人過世。我聽說他們的死因並沒有什麼可疑之處，都是衰老死亡。但我也不知道三個人是算多還算少。畢竟是高齡者入住的機構嘛。但讓我感到不舒服的是，他們都是生前對岩石感興趣的人。當第三位過世時我察覺到這一點，後來就比較少排班，同時開始找下一份兼職工作了。」

男性「事件發生的時候，您還在職嗎？」

女性「還算是在職。但幾乎沒排什麼班。而且事發也是在晚上。」

男性「可以再次請教一下就您所知關於那起事件的事情嗎？」

女性「由於我當時也不在場，所以只是聽人轉述。好像是值晚班的前輩發現有四位入住者及職員倒在那塊岩石前。」

男性「現場是怎樣的狀況呢？」

女性「媒體雖然都說只是集體自殺，但狀況好像相當詭異。大家都是用頭部撞擊岩石，並死在血泊之中。」

男性「那是……」

女性「之所以說職員是被捲入其中的，是因為就只有那位並非自殺。好像是四個人群起架住那位職員，將他的頭帶去撞岩石殺害之後，接著才一個個輪流撞頭自殺身亡。」

男性「其他職員都沒注意到這件事嗎？」

女性「完全沒人注意到的樣子。因為那位職員去巡邏之後遲遲沒有回辦公室，前去找人才發現五個人都倒在那邊。」

男性「難以置信呢。」

女性「對吧。而且雖然說是四個人群起犯案，但那些年長者有辦法做到那種事嗎？說到頭來，為什麼要殺害那位職員呢？我能想到的，就只有所有人都對那塊岩石感興趣而已。被殺害的職員，就是曾和大家一起面對岩石跳來跳去的那一位。」

男性「您有跟警方說明這件事嗎？」

女性「沒有。而且我也不想扯上關係。但畢竟是這麼詭異的事件，你應該也知道警方好像進行了相當縝密的調查。既然最後是以集體自殺及被捲入其中遭殺害結案，大概就是這樣了吧。畢竟是很敏感的話題，詳情也沒被報導出來。何況八卦節目都以此為契機，把焦點擺在老人長照問題並大肆報導。他們應該沒在關注這起事件本身，只不過把這起事件當作社會問題的題材看待罷了。」

男性「同為媒體產業的一員，聽了真是過意不去……是說，既然您提供協助接受採訪，我也有義務告知自己是怎麼掌握到關於岩石的情報。您想知道嗎？」

女性「不。那倒是不必了。我不想干涉太多。還是明哲保身一點，別去招惹比較好。」

男性「好的。謝謝您今天接受採訪。」

「發生在近畿某處的那些事」

4

我跟小澤最後一次見面也是約在神保町的那間咖啡廳。

彼此都就坐之後，飲料也送上桌，他將糖漿加進冰的咖啡歐蕾，一邊攪拌同時開口說：

「可以請您聽聽我的見解嗎？」

我便開始聽他分析。

當他向我說完對於牽引入山者的看法之後，更繼續說了下去。

*****

您去採訪的那位女性驚悚小說家××××老師，她的「校園鬼故事」系列作品中也有出現紅衣女子跟像是小男孩的東西的內容呢。不對，不是像是小男孩的東西，而是「ＡＫＩＲＡ小弟弟」對吧。

多虧這場採訪，讓我覺得除了牽引入山者之外的怪異原因變得明朗許多。雖然真相很悲慘就是了。

我在網路上找到「與符咒鬼屋相關的討論串」中出現的那個符咒鬼屋，應該就是紅衣女子跟ＡＫＩＲＡ小弟弟以前的住家吧。不過現在符咒似乎都被撕光了就是。版主所寫的定期傳出「咚！咚！」的聲響，感覺也跟紅衣女子有共通之處。

您之前採訪過的「在與詛咒影片有關的訪談中成為當事人的那位男性後來發生的事情」中，當紅衣女子纏上那位男性之後，不知為何一度離開，相對地那位男性就開始會時不時看到ＡＫＩＲＡ小弟弟。既然紅衣女子跟ＡＫＩＲＡ小弟弟有親子關係，那也說得通了呢。

之前我也有說過，不同於牽引入山者，紅衣女子會積極地靠近。也很想被找到。這會不會跟ＡＫＩＲＡ小弟弟有關呢？

還有一件令我感到驚訝的事，這位女性生前似乎曾寄信到我任職的出版社。

不對，由於不曉得紅衣女子自殺的確切時間，因此會說生前也只是我的臆測罷了。但從信件內容給人的整體印象來說就跟其他來函一樣，該說是還能感受到知性嗎，總覺得只是個怪人寫下的信件。

會讓我察覺出寄件人該不會是紅衣女子的原因，在於第三封信最後寫下「謝謝你找到我」的那句話給我似曾相識的感覺。這封信的收件人八成是我們出版社中為了報導孩子自殺事件，而前去採訪的記者吧。因為就跟月刊〇〇〇〇獨立創刊之前的照片週刊雜誌〇〇〇〇一樣，其他部門也有那種刊載八卦新聞的媒體。

O先生說不定為了《校園鬼故事》系列與×××老師的新作，而在公司裡打聽有沒有同事去採訪過發生在●●●●的自殺事件。得知這件事的其他部門同事便將自殺孩子的母親寄來的信拿給O先生。現在又被我在那堆積如山的資料中找出來。

畢竟是其他部門制作的東西，我還沒找到刊登那篇報導的過去刊物。不過我當然還是有在持續尋找。

大概是態度強硬地進行了採訪，最後還寫成檢討採訪對象的報導內容吧。如果真的是這樣，那紅衣女子就是受害者了呢。

說到受害者，AKIRA小弟弟也是。

根據那位作家所言，AKIRA小弟弟似乎是成了獻給麻悉羅先生的替身，但這裡所指的該不會是社區小孩們在玩的那個名為麻悉羅先生的遊戲替身吧？而這件事被他母親發現了。最後，連那兩個人也成了怪異現象。

在那部作品當中，麻悉羅先生似乎一開始就是在小學裡流傳的七大怪談之一。按照時間順序來說，恐怕是先有應該就是牽引入山者的麻悉羅先生的怪談，社區小孩們才會以此為原型，開始玩起麻悉羅先生這個遊戲。然後，受到遊戲影響而身亡的ＡＫＩＲＡ小弟弟及其母親，也就是紅衣女子的謠言才會流傳開來。照理來說應該是這樣。

但是，牽引入山者跟ＡＫＩＲＡ小弟弟的怪談之間，有著奇妙的共通點呢。

那就是會張大嘴巴，以及要求替身這兩點。

嚴格來說，並沒有看到牽引入山者會張大嘴巴的情報。但根據讀者投書以及「靈異照片」都有出現這樣的描述。這恐怕是與牽引入山者有關的怪異現象，另一方面，在「ＡＫＩＴＯ的電話亭」當中，ＡＫＩＲＡ小弟弟也是張大著嘴。

在替身方面，儘管是有共通點，但意義有些不太一樣。牽引入山者的替身大多是人偶，大概是受到這個影響，在麻悉羅先生這個遊戲當中，也會獻出包含無機物在內的東西作為替身。雖然在這個遊戲當中，獻出其他存在的性命也能作為替身就是了。

然而以ＡＫＩＲＡ小弟弟來說，就要以性命作為替身……不，應該說是活祭品吧。給人只能獻出性命的印象。

而且說到差異，不同於應該是出自某個目的而採取行動的牽引入山者，在此就看不出Ａ

ＫＩＲＡ小弟弟的動機。應該說，甚至讓人覺得其目的就在於要奪取性命。會不會就跟《校園鬼故事》系列中所提及的一樣，ＡＫＩＲＡ小弟弟的行動原理就在於「吃掉」呢？

所謂的吃掉性命，如果對象是人類就在吃掉性命後讓其肉體從那棟公寓的屋頂往下跳。就像牽引入山者讓人從水壩跳下去一樣。

另外，就跟紅衣女子一樣，無論纏上的對象身處何方，ＡＫＩＲＡ小弟弟本身都會一直跟著。這就是與牽引入山者的相異之處呢。

照這個邏輯來說，可以想作因為牽引入山者而喪命的ＡＫＩＲＡ小弟弟成為另一種怪異，並繼承了牽引入山者的部分特徵。

不只是那位作家曾經說過，實際上在那封信上也有提及，紅衣女子生前似乎沉迷於某種靈性的東西。

在那個「與符咒鬼屋相關的討論串」中也有提及那個住家還留有那方面的東西，而且家裡似乎沒有擺放佛壇的樣子。在「線上醫師諮詢服務的留言」當中不但有出現「謝謝你找到我」這句話，也有「請從高端的境地牽引眾生」這種不是普遍來說會用的表現手法。

這個紅衣女子是基於某種想法，而散播與ＡＫＩＲＡ小弟弟有關的某件事情。或者是想讓更多人知道ＡＫＩＲＡ小弟弟的存在，並拓展對他本身的認知。其中一個方法就是利用寫下孩子名字「了（ＡＫＩＲＡ）」的貼紙。我是這樣想的。

跟身為兒子的ＡＫＩＲＡ小弟弟一樣，紅衣女子似乎也跟那座山、牽引入山者有關。

例如「線上醫師諮詢服務的留言」中，有提及諮詢者的兒子去過休養機構的廢墟。這該不會就是在〈林間學校發生集體歇斯底里事件的真相〉中出現的，位於那座山西邊的某棟建築物吧？雖然沒有明確寫出地點在哪裡，但您也知道那座廢墟現在依然是知名的靈異景點。而且除此之外，那一帶也沒有其他大型建築物的廢墟了。

另外，短篇〈劈腿〉中提及在進行召喚麻悉羅大人的儀式時所做的動作也讓人聯想到紅衣女子。雖然不曉得麻悉羅大人這個通靈術是從什麼時候開始在那所小學流行的，但也有可能是孩子們看到紅衣女子想放ＡＫＩＲＡ小弟弟下來時拚命跳躍的樣子，才會在麻悉羅大人的通靈術中加入那個動作。不過如此一來，與麻悉羅大人之間的因果關係就會相反了。

另外還有關於貼紙跟寄到編輯部的奇怪信件——

＊＊＊＊＊

不但沒有我開口的餘地，他也絲毫沒有表現出在乎我反應的舉動，就只是單方面地不斷說下去的樣子看起來很不對勁。

當我打斷他的話，這才總算停下來的他先是隔了一拍，便開口說道：

「就差一點了。我總覺得就只差一點而已。雖然包含紅衣女子跟貼紙在內，還有很多沒有釐清的部分，但只差一點應該就能連貫成內容紮實的特輯了。」

順著這股氣勢，他接著說：

「既然都調查到這一步，我想乾脆去●●●●●看看。」

我當然也有阻止他。

但他還是去了。

兩個月後，他就過世了。

是在●●●●●發現他的遺體。

對各位說了謊，真的非常抱歉。

「發生在近畿某處的那些事」就到此結束。

某月刊雜誌　２０００年８月號刊載

〈在邊境目睹的異端——神祕教團潛入報導〉

各位讀者還記得本誌在1996年報導過●●●●●的神祕教團嗎？

受到前一年某宗教團體引發的恐怖攻擊事件影響，當時我們報導了關於全國各地異教教團的特輯。從新興宗教到崇拜惡魔的組織等等，本誌至今介紹了各種團體的真實狀況，而其中一個就是該教團。

在此就當作是前情提要，來重新介紹一下那個教團。

那是約在1991年左右設立的新興宗教，名為「靈性空間（Spiritual Space）」的該教團，不同於一般宗教團體之處在於沒有教祖。

而且也異於佛教、神道教或基督教等宗教，並沒有崇拜特定神佛。她們崇敬的是「宇宙」本身。

之所以會用「她們」，是因為該宗教團體只由女性信徒組成。

即使是位於●●●●●的山腳下，附近也只有一座水壩這般偏僻的地方，還是有許多女性千里迢迢往返這裡，當中也有人幾乎都待在那裡生活。

該教團活動的目的在於透過瑜伽及冥想等修行來接近「宇宙真理」。

然而本誌透過獨家管道得知這個教團的負面傳聞。

據說信徒接連自殺。當中甚至還有帶著全家人一起自殺的案例。

上次是編輯親自前往當地，試著潛入其中採訪。但戒備比預料中更加森嚴，身為男性的編輯只能待在會客室，聽公關人員介紹過上述的內容之後，也沒能踏入內部，只能失落地撤退。

這次過了四年的歲月，本誌再次挑戰採訪。反省上次的失敗經驗，這次便改成由女性撰稿人潛入其中進行採訪的方式。

不是以雜誌採訪的名義，而是作為想入教的人潛入其中，藉此接觸到信徒，還成功掌握了令人驚訝的內部實情。以下便是她的報導。

*****

中午過後抵達車站。在前來迎接的車上，身為「靈性空間」信徒的司機就開始向乘客介紹教團。

在信徒當中有細分成司機、公關、行政、總務等各種職責。

好像也有幾位負責統括整體，像是領導者的存在，但信徒之間沒有上下關係，所以她們都是平等地用「小姐」稱呼彼此。

儘管教團人數會有所變動，但大概就是三十人到五十人左右。所有人都是女性，當中似乎也有已經有家庭的人。

抵達「靈性空間」的設施之後，發現其占地比想像中還要大。

差不多是一間小規模的飯店了吧。除了大廳跟集會所之外，還有浴室、餐廳，以及好幾間備有床鋪的房間，感覺可以供許多人住宿。實際上也有很多人幾乎都在這裡生活。

來到會客室之後，擔任公關的女性進行了關於這個教團的說明。內容幾乎都跟事前知道的一樣，但見我聽得很認真的樣子，似乎覺得我很有潛力。

我也聽了關於會費，也就是教團收入來源的說明，但令人驚訝的是並沒有規定要繳納多少金額，而是看個人能支付多少，並在能夠支付的時候繳納就好。我問對方這樣的方法是要怎麼維持這麼大的設施營運，但她說信徒當中也有經濟方面比較寬裕的人，所以是靠那些信徒的心意撐起來的。關於這點我覺得還留有很大的疑問。但對方應該是不想對我這個還只是希望入教的人說太多吧。

在領導者地位的信徒帶領下，聽取整個設施的說明之後，就移動到集會所跟其他信徒一起做瑜伽。

除了常見的「貓式」、「拜月式」等動作，還有幾個教團獨特的動作。由於每一個姿勢都要把雙手舉高，我便請教了一下身旁的信徒，她說高舉雙手是為了多少更接近天，藉此得到宇宙的能量，以打開查克拉。

接著就是進行冥想。明明有很多人在場，整個空間卻籠罩在一片寂靜之中的光景，讓我覺得坐立難安。當我做完形式上的冥想之後，頭就開始痛了起來。難道是我的查克拉要打開了嗎？

瑜伽跟冥想雖然被稱作修行，但好像是想做的人參加就好，除了處理各自職責該做的事情以外的時間，信徒們基本上似乎都是自由活動。

教團沒什麼會束縛成員的活動內容，撇除是個異教集團這點，感覺就跟女性的休閒同好會一樣。

我運用了自由時間，試著跟幾位信徒做了名為閒聊的採訪。

大家都很親切，並實踐著教團的「感謝的心會引導至宇宙」這個宗旨。開口第一句話一定會先說「謝謝」。這樣親切的程度反而讓我覺得有點詭譎。

我第一個攀談的信徒是位五十歲左右的中年女性。一問之下她有丈夫，也有個就讀高中的兒子。感到在意的我問起與家人之間的關係，她表示家人間關係良好，也都支持她在一星期當中，將一半的時間投入教團活動。據說雖然規定只有女性才能入教，但男性也可以進行傳教，那位女性的丈夫跟兒子都跟她一起熱情地從事傳教活動。

我實在是難以理解不僅看著家人沉迷於自己無法入教的宗教當中，甚至連自己都一起進行傳教活動的那種思想。

我問起是進行怎樣的傳教活動之後，她便說是在路上發一張圖，或是將圖貼在容易被人看到的地方。由於沒有像是宗教經典的東西，不知道那張圖會不會就是用來招攬信徒的工具呢？我拜託她讓我看看那張圖是怎樣的東西，但剛好輪到那位負責清潔的女性要去打掃的時間，最後還是沒能看到。

接著採訪的對象是一位年輕女性。一問之下她才二十歲而已。

在我問起她入教的經過之前，那位女性就帶著滿臉笑容說：

「我應該再過不久就能昇華到更高的境地了。」

她對著頓時愣住的我繼續說了下去。大家雖然沒有明講，但聽起來好像是有分成兩種信徒。一種是可以昇華到更高境地的人，另一種則沒辦法。

我問她昇華到更高境地會怎樣，她就說「可以得到宇宙的真理」。

但即使我繼續追問得到宇宙真理又會怎樣，她也只給出抓不到重點的回答。不過那位女性的目光顯得異常，令我感到恐懼。

潛入教團直到現在都沒看到類似洗腦的活動。而且也不覺得她們有束縛信徒的生活。然而卻還是有這樣的信徒存在，究竟是怎麼一回事呢？

我最後採訪到的是一位四十歲左右的女性。

她好像自從教團設立時就是信徒了。因為就讀國小的兒子去年過世了，所以她是為了昇華到更高的境地去見她兒子而做這些修行。原來如此，這種地方對於心靈受到創傷的人來說，大概是一種救贖吧。

那位女性哭著說即使拚了命修行也遲遲無法昇華到更高境地的模樣，看起來著實哀戚。

我一時都忘了自己在做採訪，忍不住對她說修行是沒關係，但別為了見到兒子而去想那些蠢事。

採訪了幾位信徒之後，就到了晚餐時間。

沒住在這裡的人會回家去，會在設施留宿的人則到餐廳吃晚餐。

在餐廳裡所有人都開朗地一邊閒聊，一邊享受晚餐。

但我卻沒什麼胃口。因為料理都沒有味道。

負責下廚的信徒做的菜餚看起來很正常，然而完全沒有任何味道。是調味特別清淡的關係嗎？其他信徒看起來絲毫都不在意。結果，我的晚餐幾乎沒吃幾口。

吃完飯之後，我被擔任公關的信徒找去，再次來到會客室的我被問起入教的意願。

當然，我為了可以採訪到更多內容，就表明自己想入教的想法。

一臉滿足的信徒說著「謝謝」之後，便同意我去參觀只有入教者才能參加的某個活動。

她帶我來到建築物內的一個地方。

打開感覺格外堅固的對開門之後，只見十幾位信徒聚集在昏暗的房間裡。

眼前是一片異樣的光景。

房間的正中央擺放著一個用木頭架成的像是底座的東西，上頭安置了一塊被注連繩纏繞的巨大岩石。

有四位信徒像是環繞放著岩石的底座般蹲在四個角落，並全神貫注地不知道在放在地板的紙張上畫著什麼東西。

那恐怕就是之前那位信徒所說的圖吧。我只能越過肩膀看到一小部分，但好像畫著某種圖以及「女」這個漢字。

其他信徒在蹲著畫圖的信徒身後圍成一圈，並不斷反覆做著異樣的舉動。

她們都高舉雙手，不斷跳來跳去。

信徒們都紛紛說出不明所以的話。

以下是從採訪中偷偷錄下來的音檔打出的逐字稿。

「主那被麻悉拉來招公作樂乎所。」

「著我間沒頭後福際時麻悉拉晚裡我是住學而克不。」

「不狀夠麻悉拉裡事雜再院知上治高站。」

「能名化議朋態麻悉拉登氣眼成何我你也你自方鏡才。」

「成終然麻悉拉著怎生之因不立服臺。」

「區一賽爸節學白的拉麻悉拉園產著國把。」

「國不相獎明會心先重地益麻悉拉石資就行會動。」

「切電由步知空指金今光城信是自出時這的神麻悉拉灣壓市第自排。」

「出術我發而信始麻悉拉。」

「前麻悉拉型可是解子地高語會與離灣日。」

「麻悉拉歌清推資確醫何感便麼雜。」

目睹這個宛如儀式的光景，我一時之間感到動彈不得。

我對面帶笑容地站在自己身邊的那位擔任公關的信徒提出請求，並離開了那個房間之後，我便向她追問。

根據擔任公關的信徒所說，那是信徒為了昇華到更高的境地所做的修行，是為了引導人們邁向高端的活動。

由於「靈性空間」沒有信仰對象，因此擺放在中央的岩石終究只是為了昇華到更高境地的道具。

在具備宇宙能量的岩石旁邊，畫下傳教用的圖，似乎就能讓看到圖的人得到救贖。至於圍繞在一旁反覆做著奇妙動作的信徒們，是藉由在高舉雙手跳來跳去的同時直接發出浮現在腦海中的聲音，並透過岩石得到能量。

就算真的是這樣，纏繞在岩石上的注連繩顯然就是繼承了日本神道文化。但即使我要求她針對這一點進行說明，對方也只是一再反覆「那是特別的岩石」這句話。

在聽她說話的時候，我覺得一陣頭暈目眩。這不是比喻，而是真的頭暈。即使跟擔任公關的信徒說我身體不舒服，她也沒有表現出擔心的樣子。這狀況讓我覺得性命受到威脅，便跟她說要借廁所，一進到隔間就用手機打電話給編輯部。

當我聽到外面傳來編輯部幫我叫的救護車鳴笛聲時，我就失去了意識。

*****

她後來被送到附近的醫院檢查，幸好沒有生命危險，也平安回家了。然而，在她將這篇報導的原稿寄給編輯部之後卻又再次病倒，現在正在住院。

編輯部懷疑她所吃的料理中可能被下了某種藥物，幾天後便打電話給教團。然而電話已經變成空號，教團經營的網站也關起來了。

後來請住在關西的撰稿人直接前往當地看看，卻發現那棟設施早已人去樓空，也沒看到在報導中提及的巨大岩石。

日本依然潛藏著許多危險的異教教團。

每個團體都是在面帶笑容靠近居民百姓的同時，暗地裡做著洗腦、榨取金錢等行徑。為了不讓悲劇一再上演，本誌也會持續揭發缺德的異教教團所隱瞞的黑暗面。

採訪逐字稿

5

【出自S的交接檔案「岩石相關－4」】

男性「您好。」

女性「……你好。」

男性「我是一名記者，正在進行關於●●●●●的採訪，並在調查這一帶的鄉土地理。可以請您收下我的名片嗎？」

女性「……喔……啊，我好像有聽過這個出版社耶。地址在東京啊。為什麼要跑來調查這種鄉下地方？」

男性「因為正在構思一些新書企畫。方便向您請教一些事情嗎？就站在這邊聊個幾句也沒關係。」

女性「嗯，那倒是沒差。」

男性「感謝您的配合。對面可以看到的山上有一座神社對吧？那是很久以前就有的嗎？」

女性「是呀。應該很久了吧？以前也是有神職人員在管理，但我聽說自從神職人員過世之後，幾十年來都被置之不理了。在我小時候每到夏天都會舉辦夏日祭典，神社那邊還有廟會活動呢。雖然那也已經是將近五十年前的事了。我長大之後就再也沒有去過。而且我們家是信佛教。」

男性「神社的活動就只有夏日祭典而已嗎？」

女性「咦？呃，我不太確定耶。啊。兒童節那陣子好像也有活動吧。」

男性「這樣啊。那邊是祭祀怎樣的神明呢？」

女性「是什麼來著……好像是消災避邪的神明，但我不太記得了。對不起喔。」

男性「……這樣啊。那您應該也不曉得那個神明跟岩石有沒有關係囉？」

女性「岩石？喔喔，你是指麻悉拉大人嗎？那個我就知道了。是跟神明分開的。神社有個祠堂對吧？就祭祀在那裡喔。」

男性「咦，真的嗎？那個空蕩蕩的祠堂裡有岩石？是叫麻悉拉大人嗎？」

女性「咦？空蕩蕩？那裡應該是祭祀著麻悉拉大人的岩石啊？」

男性「我看到的時候已經沒有岩石了。但放了很多人偶……」

女性「怎麼可能。那裡應該祭祀著岩石才對。」

男性「說不定是被人帶走了。」

女性「為什麼要做出那種事啊？那可是會遭天譴耶。」

男性「您對於可能帶走石頭的人有什麼頭緒嗎？」

女性「就算你這樣問……啊，搞不好是那些人喔。有個在做些古怪事情的集團。聽說常在山上那附近晃來晃去。」

男性「有這樣的集團？」

女性「很久以前那邊曾經蓋了一棟像是宗教設施一樣的建築物。好像有一群莫名其妙的人在那邊做各種可疑的事情。」

男性「那個集團現在也有在活動嗎？」

女性「早就沒了。那棟建築物也變成休養機構之類的設施，但後來就一直荒廢在那邊了。」

男性「您可以再多跟我說一些關於那個宗教的事情嗎？」

女性「不，我什麼都不曉得。因為感覺很詭異，所以住在這一帶的人都盡可能不去多加干涉。這裡的居民應該都不知道詳情吧。」

男性「……這樣啊。那您記得那個宗教的名稱嗎？」

女性「畢竟是幾十年前的事了……我記得是什麼英文的名稱…………什麼空間之類，還是空間什麼的吧。不行。我想不起來。」

男性「謝謝您的配合。這部分我也會再多調查一下。話說回來，可以向您多請教一點關於本來祭祀在神社的麻悉拉大人的事嗎？」

女性「是沒差，但你都問些奇怪的問題呢。我也是小時候聽說的，並沒有特別清楚……

不過麻悉拉大人是猴子的神明喔。」

男性「猴子……是嗎？」

女性「對啊。又白又大的猴子大人。我們小的時候啊，總是被大人威脅『要是在外面玩到太晚，就會被麻悉拉大人抓去當新娘喔』。有些比較迷信的老爺爺到了柿子採收的季節時，還會拿去供奉呢。」

男性「供奉柿子？」

女性「對，就是水果的那個柿子。你應該也知道人家都說猴子喜歡吃柿子吧？」

男性「供奉的東西就只有柿子嗎？」

女性「還有那個啦。人偶。老奶奶常會自己縫製人偶拿去供奉。那道樓梯很長不是嗎？應該是順便當作運動吧？」

男性「原來如此……人偶啊。」

女性「這一帶當時要在水壩旁邊架設國道，因為強制撤離的關係少了很多人。不然以前還有滿多住家，不像現在都沒什麼人在這邊生活了。應該也沒人知道麻悉拉大人的傳說了吧。」

男性「請問您有實際看過麻悉拉大人嗎？」

女性「你在說什麼傻話啊。不然你是有見過佛祖大人嗎？那種都是迷信吧。」

男性「不不不，我是指麻悉拉大人的岩石。」

女性「喔，是這意思啊。有啊。小時候有看過。因為有個又黑又凹凸不平的巨大岩石擺在那邊，我還記得以前問過媽媽為什麼不是擺著猴子呢。」

男性「您母親是怎麼說的呢？」

女性「好像也只回答『是啊……』之類的。我媽應該也不知道為什麼吧。但你對麻悉拉大人還真感興趣耶。我媽已經過世了，但爸爸還健在，他正待在家裡，你要去問他看看嗎？」

男性「可以嗎？請務必讓我叨擾一下。」

〈發生在近畿某處的那些事〉

4

「我有話要跟您說。」

電話另一頭的小澤語氣聽起來似乎正在生氣。

當我抵達被找去的神保町咖啡廳時，他已經先到了，在我就坐之後，他便立刻朝我遞出一張影本。

「請您過目一下。」

聽他這麼說，我便照做地看向那張影本。

那是一篇潛入位於●●●●●的一個異教教團所做的報導。

我都還沒看完他就開口說：

「這篇報導是您寫的吧？」

我嚇了一跳。

我確實是女性沒錯。

而且剛入行的時候不論任何案子都接，也有寫過偏激的報導。
我也記得正好在那時候有住院過。
但是，我沒有寫下這篇報導的印象。
在我否認之後，小澤默默指向報導的最後一段文字。
作為撰寫者版權標示，上頭正寫著我的筆名。
「您的筆名有點罕見對吧。如果這不是您寫的，那又是誰寫的呢？」
我拚命否認。
但他絲毫沒有要隱藏質疑的眼光並這麼說：
「那不然是怎麼回事？難道您是失去這個時候的記憶了嗎？」
話語剛落，他便驚覺般猛然地抬起頭來。
「難不成……」
我催促他繼續說下去。

「在〈發現新種UMA　白色巨人！〉跟〈等待〉當中都有女性平安無事。而且得救的女性不是失去記憶，就是出現類似失智的症狀……難不成您也是這樣嗎？」

這讓我變得不太相信自己，因此沒能做出反應。

「但如果真是如此，您為什麼會得救呢？為什麼甚至都潛入教團內部，卻直到現在都平安無事呢？」

即使一時反應不過來，我還是拚命思考。自己為什麼還活著？為什麼沒有被選作「新娘」？為什麼「沒能昇華到更高的境地」呢……

然後，我想到了一個可能性。

那篇潛入教團的報導是2000年的事情。

我至今也不曾忘懷。就在那前一年，我的獨生子因故身亡。

他遭逢一場車禍意外。

我因此跟丈夫離婚，也從當時任職的出版社離職，成為撰稿人並開始拚了命地工作。

然而無論身體還是精神狀況都太過操勞的我，就此病倒住院了，我是這麼想的。但從這篇報導看來，我會住院的原因似乎是出自在那個設施當中所發生的事情。

如果寫下這篇報導的人確實是當時的我，之所以會對那位女性信徒感同身受，不禁忘記是在採訪而做了多餘的攀談也說得通了。

基於這個前提，我對小澤這麼說。

這個牽引入山者鎖定的目標，會不會是沒有生過小孩的女性呢？

本來以為是沒有什麼特定原因地鎖定了年輕女性，看樣子這個怪異有明確選擇目標並做出取捨。

他沉默了一陣子之後，便開口說：

「也是呢，說不定正是如此。不，應該就是這樣吧。對不起，我竟然還懷疑您。」

在對他說沒必要向我道歉之後，我們就分別點了飲料。

我點黑咖啡，他點了冰的咖啡歐蕾。

他在等待飲料送來的期間，看起來坐立難安的樣子。

直到飲料送上桌，他接過冰的咖啡歐蕾就一口氣喝光，接著對我說：

「我覺得很害怕。」

＊＊＊＊＊

在看這篇報導時，我察覺到一件事情。

報導中信徒們紛紛開口唸誦出像咒語般的內容，就跟我大學時聽到的社會人士同好會那件事當中出現的咒語十分相似。

但是，有些許不同之處。

然而，我為什麼會知道有這樣的差異呢？

為什麼我只是聽朋友轉述而已，卻能完整記得那段咒語呢？

而且朋友也是。他不但只聽過一次，還是許多人同時開口說出莫名其妙的發音羅列，他為什麼全都能熟記下來呢？

昨天，有幾個朋友跟我聯絡。都是女性朋友。

她們叫我不要大半夜打奇怪的電話過去。

朋友表示，我在電話中一直這麼說。

「一起去山上吧。很好玩喔。走嘛。去山上。」

我根本不記得自己有打過那種電話。

但我確認了一下通話紀錄，由上依序看下來確實只有撥打給女性而已。聽您這麼說，我仔細回想了一下，的確是沒有打給有小孩的女性。

我是不是變得很奇怪呢？

無論我在做什麼，滿腦子都一直想著這個特輯的事。

我一開始覺得是因為第一次被交付工作太開心，而變得有點亢奮。但當我在家邊洗澡邊想這件事時，看向鏡子才注意到。鏡中倒映出的我正在笑。

但果然還是很開心。

我覺得這樣的自己好可怕。

您是怎麼想的呢？

＊＊＊＊＊

沒等我做出反應，他又繼續說了下去。

沒錯。不斷說著他對於「牽引入山者」、「紅衣女子」跟「ＡＫＩＲＡ小弟弟」的調查觀點。

當我打斷他的話，這才總算停下來的他先是隔了一拍，便開口說道：

「就差一點了。我總覺得就只差一點而已。雖然包含紅衣女子跟貼紙在內，還有很多沒有釐清的部分，但只差一點應該就能連貫成內容紮實的特輯了。」

順著這股氣勢，他接著說：

「既然都調查到這一步，我想乾脆去●●●●●看看。」

我沒有資格阻止他。

因為我自己也已經自身難保。

他就這麼前往那裡。

兩個月後，他就過世了。

不，正確來說是兩個月後找到他的遺體。

編輯部曾打電話來跟我說他們聯絡不上小澤。

知道他已經不在世上的我，就告知編輯部他說不定是去●●●●●的水壩自殺。

後來聽說他被發現溺死其中。跟一位陌生女性一起。

兩人的遺體好像都面帶笑容。

對各位說了謊，真的非常抱歉。

「發生在近畿某處的那些事」就到此結束。

採訪逐字稿

6

【出自S的交接檔案「岩石相關－5」】

老人「聽說你想問關於麻悉拉（MASHIRA）大人的事啊？你調查的內容還真古怪呢。」

男性「是的。那個……怎麼會說古怪呢？麻悉拉大人是神明吧？」

老人「你說那是神明？喔喔，那傢伙是這樣跟你講的啊。」

男性「是的。我聽您女兒說那是猴子的神明。」

老人「這樣啊。我們是這樣教她的呢。年輕人啊，你聽好了。要我告訴你是沒關係，但希望你盡量不要透過文字或口述對世間張揚這件事。」

男性「好的。我不會張揚。」

老人「那個啊，才不是什麼神明。只是個男人罷了。」

男性「男人？」

老人「沒錯。一個名叫勝（MASARU）（註11）的男人。」

男性「為了一位男性甚至蓋了祠堂祭祀嗎？」

老人「因為非得這樣做才行啊。」

男性「這跟岩石有關嗎？」

老人「…………要從哪裡開始說起才好呢？我原本也是聽老爸講的。而老爸又是聽他老爸轉述，所以這應該是我祖父在世時的事情。當時還是明治時代吧。你知道在水壩落成之前，這一帶包含我們家在內，曾是一個大規模的村落嗎？」

男性「是的。我知道。」

老人「畢竟是在這種鄉下地方，當時整個村子的人就像一家人一樣。但是，唯獨勝的那戶人家不太正常的樣子。雖然不至於被村子的人斷絕往來，不過大家也不想主動靠近。」

男性「是引發了什麼問題嗎？」

老人「他們家當勝還小的時候，父親似乎就被熊殺死了，後來就剩他跟母親相依為命。但他母親的身體也很虛弱，一直臥病在床。」

男性「所以是勝在照顧他的母親嗎？」

老人「好像是。他身材高大，不像母親那樣虛弱，再粗重的農作也是默默完成，是個認真的人。然而，他的母親終究還是過世了。在那之後他就變得有點奇怪。」

男性「變得奇怪……」

老人「應該是太寂寞了吧。在母親生前他都盡心盡力地在照顧，因此也沒參加什麼聚會，都年過二十了還娶不到老婆。成天只會窩在家裡做些古怪的人偶，並對著人偶說話。就

註11：「麻悉拉」與「勝」音近，而「勝」的發音也能寫作「魔猿」。

像在對待自己的老婆一樣。」

男性「村裡的人都坐視不管嗎？」

老人「大家當然都很擔心吧。也認為他只要真的成家應該就會恢復正常，所以紛紛帶村子裡到了適婚年齡的女孩去跟他認識一下。但撮合的過程好像不是那麼順利。」

男性「為什麼呢？」

老人「哎呀……就是那樣嘛。該怎麼說呢，他本來個性就有點奇怪……該說是個性難相處吧。」

男性「……這樣啊。」

老人「村子裡好像還有人會半開玩笑地捉弄勝的樣子。年輕人啊，你知道什麼是『柿子問答』嗎？」

男性「不好意思。是我學識不足。」

老人「沒什麼，現在應該也沒人知道吧。簡單來說就像是男人跟女人第一次要上床時的暗號。直到我小時候好像都還有人在講就是了。」

男性「暗號？」

老人「男人會先問『妳那邊有柿子樹嗎？』。聽到這句話女人就會回答『有啊。而且剛好結果了』。接著男人就會追問『那可以給我那個果實嗎？』。女人便會回應『好啊。請拿去吧』。當然，實際上沒有什麼柿子也沒差。當時的習俗就是會透過這樣的對話確認彼此有沒有那個意思。」

男性「原來如此。真令人感興趣呢。」

老人「總之，雖然是有這樣的習俗，但好像有人胡鬧地灌輸勝這件事。跟他說『只要去問有沒有柿子，你也能娶到老婆』。」

男性「所以勝就照做了。」

老人「不，也不知道他是誤會了什麼，總之接二連三地到處跟村子裡的女人說『我有柿子喔，過來吧』。」

男性「……原來如此。」

老人「因為這樣，大家都覺得他很噁心，後來好像就沒有任何女人要靠近勝了。」

男性「是個可悲的故事呢。」

老人「……但是啊。某天晚上，住在勝家附近的女人遭到殺害。而且頭破血流。村子裡的人於是開始尋找犯人，最後在勝家的田地找到一塊沾染血跡的巨石。也不知道那是從哪裡帶來的，不過是個在這附近的山上不常見，像是從黑色岩石切割下來似的一塊巨石。找到那東西的死者丈夫以及幾個年輕人就將勝團團圍住並痛打一頓。」

男性「竟然……真的有確定勝就是犯人嗎？」

老人「應該就是吧。勝自己好像也在村民逼問下說是自己做的。」

男性「後來勝就被打死了嗎？」

老人「不，他好像是在剩下半條命的時候，就自己跑去一頭撞上擺在旁邊那塊殺害女人的巨石而身亡。」

男性「真悽慘呢。」

老人「據說他死掉的時候表情相當悲壯啊。嘴巴跟眼睛都睜得大大的就死了。」

男性「後來怎麼樣了呢？」

老人「眾人說不能把這種人埋在村子裡的墓地，就將他埋在山上的樹林間。然後，就將那塊岩石當作墓碑擺在上面。」

男性「所以就成了那座祠堂嗎？」

老人「不是不是。在那之後，村子裡死了好幾個女人。而且死因還很古怪。所有人都是特地一頭撞上那塊岩石而死。甚至好像還有人說是勝在叫她。」

男性「所以是勝死後在作祟嗎？」

老人「大家似乎都是這樣想。於是急忙在山上搭建起一座神社，想藉此平息勝。然而並沒有祭祀對象本尊。所以就放了那塊岩石、纏繞上注連繩，並以『勝大人』稱之，更會前往參拜。」

男性「……如此一來就得以平息勝了嗎？」

老人「…………好像是平息了呢。因為眾人會供奉勝所執著的柿子跟人偶。」

男性「原來如此。那現在為什麼會變成『麻悉拉大人』呢？」

老人「當然是因為那個啊。這麼淒慘的傳說總不能說給孩子們聽吧。然而，還是要繼續祭祀勝才行。所以就當作是發音接近，稱之『麻悉拉大人』的猴子神明，並代代傳承下去。實際上我對那傢伙也說是『麻悉拉大人』。」

男性「……謝謝您的說明。這樣我都明白了。」

老人「那傢伙應該也有跟你說過，現在那座神社好像荒廢了吧。人家都說即使是神明，遭人遺忘之後也會作惡。我自己也是每天都會對著佛壇祭拜祖先。」

男性「……但勝並不是神明吧？」

老人「年輕人，你仔細想想。要是受到眾人的吹捧，即使自己沒那麼了不起，但也會產生這樣的錯覺吧？兩者是一樣的。受到眾人崇敬、畏懼，漸漸地就會變成神明。而那又會隨著時間流逝遭人淡忘。無論神明、佛祖還是怪物，沒有人知道的話，存在就會越來越薄弱。所以為了不被人忘懷，就會透過惡行讓大家知道自己的存在。我覺得大概就是這樣吧。」

男性「這樣啊。真的非常感謝您告訴我這麼多……話說回來，您剛才說的全部都屬實嗎？」

老人「…………你這是什麼意思？」

男性「其實我也有實際前往了那座神社。也親眼看了失去岩石的祠堂。那座祠堂就跟裡頭的神社差不多老舊。而且，是用木材搭建而成的。我端詳了一下，在看得到的地方都沒有用到釘子。神社的建築物也一樣。感覺是由專門從事神社建築的木匠所蓋成，不像緊急搭建而成的樣子。」

老人「你也太突然了吧。就算你這樣講，我也不知道啊。這也是我聽老爸說的。問夠了嗎？吃飯時間就快到了。」

男性「失禮了。感謝您告訴我這些事情。」

神社由來看板

【出自S的交接檔案「岩石相關－6」】

●……●……社

由……

本社是由…………所…成…………稱之……

…………年…建…………

奉…神是…………………的……一………………………之尊……

…節…不明…………據…關…說

……天……降下……的，將……鬼吞…………受到……

……息……來……祭……………理……………

…………此…五…三日…………息……祀…………敬……

原稿製作用筆記←

在荒廢神社的樹叢中發現看板

由於經過風化以及受到人為破壞、塗鴉而破損嚴重，因此只記載尚可辨識的部分

〈發生在近畿某處的那些事〉

5

各位已經讀到這邊了呢。

真的很對不起。

其實我從那個時候，自從跟小澤開了線上會議的那天起，就一直能看見那個人。

那個人一直說著「全都寫下來，把一切散播出去」這樣對我耳語。

就連睡覺的時候，在夢中也會聽見那道耳語。

我似乎也涉入太深了。

就算為了得救而拚命製作符咒，耳語也沒有因此停息。

但是，就只有在寫下這件事的時候，耳語才會停歇。

因此唯有繼續寫下去，才是留給我的救贖。

為了逃避，我接觸了詛咒，並持續寫下去。

我有發現那個人為什麼這麼想散播詛咒。

儘管發現了，我還是繼續寫下去，並散播這件事情。

我很想得救。我還想要活下去。

即使要將各位當作替身也在所不惜。

我藉由在尋找其實已經身亡的小澤這個謊言來散播這件事情。

只要說朋友失蹤了，溫柔的各位想必就願意熱心地看下去吧。即使契機並非如此，只要用●●●●●隱瞞地名，為了推測出那究竟是指哪裡，也會想要繼續看下去。說不定還會想在社群平台上傳開。

很遺憾的是我確實清楚得很。身為撰稿人的我知道如何藉由發表情報以有效操縱讀者的方法。

我在起頭寫下「希望各位能提供協助」所指的，就是希望各位可以閱讀這整篇文章。

但是，我不想告訴各位事情的全貌。

這既是我僅存的最後的良心，也是一種抵抗。

與怪異之間的緣分越強烈，也會受到越大的詛咒。

所以，我中途好幾次都想結束這篇文章。

希望各位不要再接觸到更多的詛咒。

然而，那個人不允許我這麼做。

無論我中止多少次，耳語都不曾停歇。

直到我寫完一切，散播出去為止。

我之所以會被選上，應該是靠近了那個人的關係吧。

應該是想藉由讓與自己相近的存在扛起職責，使人感染上比符咒更強大的詛咒吧。

與自己相近的存在，也就是為人母的女性。

那個人並不是為了找孩子而窺視每戶人家。而是在找母親。

尋找能與自己產生共鳴的女性。尋找適合與自己一起養育孩子的女性。

生過孩子並失去他的我，那個時候在設施裡交談過的我，對那個人來說應該是跟自己最接近的女性了吧。

自己跑去靠近一度斬斷的緣分，愚蠢的我再次跟那個人扯上了關係。

那個人很憎恨新聞媒體。與此同時，也切身明白新聞媒體的散播能力。

就這層意思來看，對於想將詛咒散播出去來養育孩子的那個人來說，身為撰稿人的我正好適任吧。

那個女人——紅衣女子試圖想讓自己的孩子復活。

攀附著明明如此深信卻沒有選中自己，最後甚至奪走自己孩子性命的虛假神明。甚至不曉得那存在著怎樣的意義。

就連自己的孩子死在眼前時都還在祈禱，真的是個無可救藥的愚蠢女人。

同時，也是個無可救藥的可憐女人。

偷走岩石，連符咒上的文字都改成自己孩子的名字，但藉此復活的卻是有著一副自己孩子外貌的某種存在。

然而，女人依舊相信那是自己的孩子。

為了養育只是一味地吞噬性命的那某種存在，自己也參與詛咒，更透過符咒將詛咒散播給毫不相關的人們。

最後自己也成了怪異，即使失去了心靈，還是不斷反覆著這樣的行徑。

但是，光是如此還遠遠不足。

所以才會利用我。

那些怪異並不具備心靈。只是依循本能在尋找獵物而已。

就連寫下自己深信是神的存在，其實是虛假的神明時，女人也沒有感到悲傷。

人類的道理是說不通的。怪異就是這樣的存在吧。

可憐的不只是女人而已。

追根究柢，那個男人，就連那個孩子，都不過是活祭品。
活祭品在追求著活祭品。說來也真是諷刺。
惡鬼此時也在某個地方一邊啜飲人血，並創造出虛假的神明。
然而，事到如今就算知道這件事情也已經無所謂了。

「發生在近畿某處的那些事」真的就到此結束。
我已經沒有可以繼續寫下去的事情了。我全都寫出來了。
●●●●●究竟是位在何方，也已經不具任何意義。
因為各位已經與之締結下太強烈的緣分。
已經沒救了。

我再也聽不見女人的耳語了。
說不定是得到了女人的原諒。

但我還是能看到那個男孩。就站在房間一角注視著我。
換句話說，就是這麼一回事吧。
各位讀者，真的很對不起。
還有，謝謝你找到我。

〈了〉

國家圖書館出版品預行編目資料

發生在近畿某處的那些事 / 背筋作 ; 黛西譯 .
-- 一版 . -- 臺北市 : 臺灣角川股份有限公司 ,
2024.07

面 ;　公分

譯自 : 近畿地方のある場所について

ISBN 978-626-400-276-9(平裝)

861.57　　113006766

發生在近畿某處的那些事

原著名*近畿地方のある場所について

作　　者*背筋
攝影協力*株式会社 CURBON
譯　　者*黛西

2024 年 7 月 25 日　一版第 1 刷發行

發 行 人*台灣角川股份有限公司
總　　監*呂慧君
總 編 輯*蔡佩芬
編　　輯*林芝伃
美術設計*李曼庭
印　　務*李明修（主任）、張加恩（主任）、張凱棋、潘尚琪

台灣角川

發 行 所*台灣角川股份有限公司
地　　址*104 台北市中山區松江路 223 號 3 樓
電　　話*（02）2515-3000
傳　　真*（02）2515-0033
網　　址*http://www.kadokawa.com.tw
劃撥帳戶*台灣角川股份有限公司
劃撥帳號* 19487412
法律顧問*有澤法律事務所
製　　版*尚騰印刷事業有限公司
I S B N* 978-626-400-276-9